베트남에서 살 만하니?

베트남에서 살 만하니?
7년 차 주재원이 알려주는 리얼 베트남

초 판 1쇄 2023년 07월 21일

지은이 임민수
펴낸이 류종렬

펴낸곳 미다스북스
본부장 임종익
편집장 이다경
책임진행 김가영, 신은서, 박유진, 윤가희, 정보미

등록 2001년 3월 21일 제2001-000040호
주소 서울시 마포구 양화로 133 서교타워 711호
전화 02) 322-7802~3
팩스 02) 6007-1845
블로그 http://blog.naver.com/midasbooks
전자주소 midasbooks@hanmail.net
페이스북 https://www.facebook.com/midasbooks425
인스타그램 https://www.instagram/midasbooks

ISBN 979-11-6910-290-2 03810

값 19,000원

7년 차 주재원이 알려주는 리얼 베트남

베트남에서 살 만하니?

임민수 지음

미다스북스

프롤로그

처음 베트남에 발령받아 나와서 나는 정신이 하나도 없었다. 출근길에는 각양의 오토바이와 자동차, 그리고 사람들이 한데 섞여 있었다. 혼돈과 역동의 한복판인 베트남 길거리를 헤쳐내며 출근했던 그 첫날이 기억난다. 회사에 도착해 직원들과 인사를 하고 나서 오후에는 외근을 나가야 한다고 당시의 법인장이 말해주었다. 그때, 우리 회사는 외부업체와 소송을 진행 중이었고, 상대측 변호사와 미팅 후 합의서를 받아오라는 당시 법인장의 주문을 해결하러 밖으로 나왔다. 소송 내용은 이동하는 중에 회사의 베트남 직원에게 설명을 들었고, 미팅장소에 도착해서부터 황당했던 기억이 있다. 우린 지방 중소규모 도시의 롯데리아에서 만났다. 진지하게 법률 얘기를 해야 하는데 미팅장소를 왜 여기로 했냐는 내 물음에 나와 함께한 직원은 여기가 그중 제일 깔끔한 곳이라 이곳으로 했다고 대답했다. K-POP이 크게 흘러나오는 정신없는 패스트푸드점에 앉아 콜라를 마시며, 영어와 베트남어가 잔뜩 써 있는 서류를 검토하고 진땀을 흘리면서 합의서를 작성했는데, 이제 상대측 변호사는 복사할 곳이 없다는 이유로 사본을 주지 않겠다고 했다. 대신 본인의 사무실에 돌아가 스캔 파일을 보내겠다고 한다. 나는 첫날부터 업무 처리가 어그러질까 염려했고, 롯데리아 종업원과 주변 손님들에게 묻고 물어서 근처 초등학교 사무실에 들어가 복사를 해서 서류를 들고 나왔다. 베트남에서 일하는 게 만만치 않겠다는 생각이 들었다.

아직 한국에서 가족들이 베트남으로 들어오지 않은 그날 저녁, 당분간 나 혼자 생활해야 하는 아파트 근처의 마트에 다녀왔다. 생각보다 커다랗고 세련된 마트의 규모를 보고 적잖이 놀랐다. 베트남에 나오기 직전인 바로 전날 저녁, 한국의 집 근처 다이소에서 손톱깎이를 사며 '베트남에서는 손톱깎이 같은 생필품들은 잘 구할 수 있을까?'라고 생각했는데, '괜한 걱정이었구나.' 하며 안도할 수 있게 되었다. 마트에서 아침식사를 위해 시리얼과 우유를 사고, 간단한 그릇과 컵도 살 수 있었다. 다음날 아침 출근 전, 어제 산 그릇에 시리얼과 우유를 붓고 나서, 숟가락을 사지 않았음을 알게 되었다. 그날 아침에는 시리얼을 먹지 못했다.

와이프에게 전화를 걸어 이야기하기 시작했다. 베트남 패스트푸드점에서 변호사랑 법률 얘기를 하고, 초등학교에 들어가 복사를 했던 황당한 첫 업무와 숟가락이 없어서 시리얼을 먹지 못한 짠하고 재밌는 첫 에피소드를 말했다. 또 한국에서 만났던 베트남 사람을 베트남에 있는 우리 회사에서 만난 신기한 이야기도 해주었다. 우리 가족이 베트남에 와야 하는 운명인 것 같다며 서로 신기해했다. 그러고 나서 '우리가 평생 100년은 살아야 한다는데, 그중에 몇 년 정도는 외국에 살아보는 것도 좋은 경험이 되지 않겠어?'라며 와이프에게 묻자 와이프는 그러자고 대답했다. 나의 이야기는 와이프에게도 긍정의 신호를 주었다.

가족들이 베트남에 들어온 뒤에, 우리는 한국에서보다 더욱 많은 이야기를 서로 하게 되었다. 낯선 경험을 하게 되고, 신기한 일들을 여러 차례 겪으면서 나와 우리 가족에 대해, 또 한국과 베트남에 대해 더 많은 생각을 하게 된 것 같다. 이렇게 와이프와 나누던 이야기는 어느새 글이 되어 더 많은 사람들에게 전달되기 시작했다. 코로나 기간, 내가 공장에

격리되어 있으면서 브런치라는 곳에 쓰기 시작한 글은 계속 그 편수가 늘어났다. 포털 사이트에도 걸리기 시작하고 다른 매거진에도 연재되며 여러 사람의 공감을 받을 수 있었다.

이렇게 베트남에서 겪은 에피소드들을 와이프에게 들려주듯, 그리고 친구에게 전화하여 이야기하듯 글로 적었다. 또 눈으로 보듯, 한편의 가벼운 시트콤을 보듯 이야기하려고 했다. 그리고 베트남이라는 공간, 또는 내가 일하고 있는 사업 영역이라는 특별한 상황에서만 이해할 수 있는 글로 느껴지지 않게 하려고 노력했다. 이 에피소드들은 누구나 공감할 수 있는 사람들의 살아가는 이야기이다.

베트남에 살게 된 지 이제 7년 차에 접어들었다. 정말 여러 일을 겪었다. 즐거운 일만 겪지 않았고, 또 나쁜 일만 겪지도 않았다. 이 모든 여러 일을 겪으며 이제 나는 베트남과 함께 살고, 이들을 사랑하고 있는 것 같다는 생각을 한다.

목차

굴러들어온 자는 텃세를 당하기 마련 2장

베트남과 한 걸음 더 가까워지기 3장

이해하고 받아들여야 하는 서로의 문화 차이 4장

한국 주재원과 베트남 사람이 함께 만드는 이야기 5장

1장

나의 베트남 주재원 생활을 시작하게 만든 긍정의 신호

베트남 주재원 생활, 그 시작의 신호

어려움은 그 시작을 생각하게 한다.

나는 또다시 베트남 생활의 시작을 생각한다. 벌써 7년이 되었다.

"3년 정도 생각하면 될 거야. 그 후에는 다시 한국으로 돌아오게 해줄 테니까 잘 생각해 보라고, 자네에겐 좋은 기회가 될 거야. 해외에 다녀오면 분명히 더 좋은 포지션으로 근무할 수 있을 거네." 한 임원의 권유를 받고 베트남에 나오게 되었다. 그리고 그 3년은 진즉 지났고, 이제 그 분은 회사에 없다. 그렇게 지금은 퇴사하고 없는 한 임원과의 면담을 마친 지 2주 만에 베트남 남부의 경제도시 호치민(Hồ Chí Minh)에 도착하게 되었다. 출장으로 먼저 베트남 법인을 체크해 보고 오라는 말에 처음으로 2주간의 베트남 방문을 하게 된 것이다. 내가 근무해야 하는 회사는 호치민(Hồ Chí Minh)의 떤선녓(Tân Sơn Nhất) 국제 공항에서 2시간을 더 들어가는 동나이(Đồng Nai)성의 한 공업단지에 위치해 있다. 1월인데도 30도를 넘는 습하고 뜨거운 날씨에 힘들었지만, 멀미 나는 어지러운 도로를 지나는 것보단 견딜 만했다. 처음 베트남에 들어오는 사람들이 으레 그러하듯, 나는 도로의 오토바이 사진을 찍으며 앞쪽 범퍼의 칠이 살짝 벗겨져 있는 은색의 토요타 이노바(INNOVA) 차량 뒷자리에 앉아 있었다.

▶ 호치민 시내의 오토바이

공항에서부터 2시간이 걸려 베트남 법인의 공장에 도착한 뒤, 베트남 직원들과 인사를 나눴다. 유창하지 않은 나의 영어 실력으로 더듬더듬 인사를 한 다음, 한국어를 할 줄 아는 한 직원과 만나게 되었다. 키가 작고 까무잡잡한 얼굴을 한 푸른색 공장 작업복을 입은 남자 직원이었다. 이름이 끄엉(Cường)이라고 했다. 강하다는 뜻이라고 설명을 한다. 잘은 모르겠지만 아마 한국식 한자로 말하면 '강(强)'이라는 글자일 것 같다는 생각을 했다. 과거에 한국에서 일을 한 적이 있었고, 그때 한국어를 배운 덕분에 통역 겸 생산팀 중간 관리자로 근무를 하고 있었다. 공장 건물을 함께 돌면서 자세히 보니 끄엉(Cường)은 한쪽 다리를 살짝 절고 있었다. 사무동 건물 옆에 있는 작은 쉼터에 잠시 앉아 얘기 좀 하자고 했다. 그렇게 끄엉(Cường)의 한국 생활에 대해 얘기하다가 난 끄엉(Cường)이라는 이 직원을 한국에서 만난 적이 있다는 사실을 깨닫게 되었다.

"그렇지? 끄엉(Cường)! 우리 한국에서 만난 적 있는 거지?" 난 반가운 마음에 목소리를 높여 물었다.

"네. 맞습니다. 그때 IFC에서 만났어요." 끄엉(Cường)이 하얀 윗니가 다 드러나게 웃으며 맞다고 확인해 주었다.

나는 대학시절부터 취직하고 3년 정도가 되던 때까지 한 봉사단체에서 자원봉사를 하고 있었다. 'IFC(International Friendship Center), 국제 친교 센터'라 부르는 곳이다. 그곳에서 약 5년 정도 봉사를 하면서 베트남에서 한국으로 온 근로자들과 함께 여행도 다니고, 한국어 공부, 미용봉사 일을 돕곤 했었다. 그 단체에서 지금 내 앞에 앉아 있는 끄엉(Cường)이라는 친구를 만났다. 끄엉(Cường)은 한국의 한 비닐 제조업체에서 근무하고 있었는데, 대답을 늦게 한다는 이유로 한국 사장님한테 몽둥이로 맞아 다리가 부러진 적이 있었다. 불법체류를 이유로 그 당시 치료를 제대로 받지 못한 그는 이렇게 다리를 전다. 또 나중에 알게 된 사실이지만 한국 남자가 소리를 지르면 본인도 모르게 몸을 움츠리기도 한다.

그 시절, 나는 지금 근무하고 있는 회사의 한국 본사에 막 취직해서 다니고 있었다. 신입사원이었는데 끄엉(Cường)의 다른 베트남 친구들 3명이 본사에서 근무하고 있던 나에게 전화를 했다. 내 하얀색 싸이언 핸드폰에 벨이 울리고, 난 담배를 들고 사무실 밖으로 나가 7층 흡연실 난간에서 그들과 통화를 했다. 우리 회사 1층에 왔다고 만나자고 하는 것이었다.

"왜? 왜 갑자기 여기까지 찾아왔어?" 회사 접견실로 그 3명의 베트남 남자를 불러 얘기를 했다. 환절기였던 것 같다. 강렬한 붉은색의 바람막이를 입고 있던 한 명의 베트남 친구가 기억에 남는다.

"미스터 림, 아니 형님! 이거 심각한 일이야. 도와줘, 도와줘야 해. 그 나쁜 놈 진짜 죽여야 해." 그중 한국어를 잘하는 친구가 다소 흥분된 목소리로 나에게 말을 했다. 또 다른 어떤 친구는 손바닥으로 빡빡 밀어버린 자기의 머리를 치며 알 수 없는 베트남 말을 하기도 했다. 접견실 밖을 지나는 다른 선배 직원이 접견실 안쪽을 흘깃 쳐다본다.

"왜? 무슨 일이야? 지금 여기에 와서 나에게 얘기하면 내가 도와줄 수 없을 것 같은데. 이번주 IFC 모임에서 다시 얘기해 줘." 신입사원인 나는 근무시간 중에 이렇게 나와 있는 것 자체가 부담이 되고, 다른 직원들에게 눈치가 보였다.

"아니, 진짜. 이거 사장, 이 놈 죽여야 해. 어떡해? 어떻게 신고해? 어디에 신고해? 내 친구 힘들다. 아프고 돈도 못 받는다." 그러면서 갑자기 담배를 꺼낸다.

밖에서 선배 사원이 계속 접견실을 쳐다보고 있다. 당황한 나는 그들에게 이번 주 모임에서 얘기하자며 회사 밖으로 내보냈다. 그리고 그다음부터 그들은 봉사단체의 모임에 나오지 않았고, 끄엉(Cường)은 다리를 절게 되었다. 사실 회사로 날 찾아왔던 그 베트남 친구들이 도우려고 했던 사람이 끄엉(Cường) 이었는 지는 확실치 않다. 하지만 그 후로 끄엉(Cường)을 비롯한 날 찾아왔던 베트남 친구들 3명 모두를 볼 수 없었다.

'15년은 된 것 같은데, 이렇게 베트남에서 다시 만나다니? 그리고 비록 서로 다른 나라이기는 하지만, 수년간 같은 회사에서 근무하고 있었다니? 이건 분명히 내가 여기 베트남에서 근무하게 될 운명인가 보다. 그래, 이건 나에게 보내는 어떤 사인 같은 것이다.'라고 생각을 하게 되었다. 그리고 그때부터, 나와 끄엉(Cường)을 연결시켜 준 IFC라는 단체에 매월 후원금을 보내고 있다.

이렇게 2주간의 출장을 마치고 한국 본사에 복귀했다. 15년간 한국에서 근무하던 나는 베트남 법인의 상황을 잘 알고 있었다. 매출이 적고, 좀처럼 수익을 개선하기 힘든 상황이다. 내 친한 직장 동료들은 절대 베트남에 가면 안 된다고 조언을 해주었다. 직원들의 무덤이라고 소문난 곳이라고 했다. "거기 알잖아? 해외 법인 살린다고 일 잘하는 직원들 보냈다가 그만두게 하는 곳이야." 틀린 말이 아니었다. 베트남 법인에 나가서 잘된 케이스가 많지 않다는 것을 나도 잘 알고 있다. 베트남 출장 기간 중에 끄엉(Cường)을 만난 일을 생각했다. 그리고 하늘에 물었다. '이거 나에게 보내는 신호 맞는 거죠?' 물론 이 신호만으로 베트남에 들어온 것은 아니다. 나도 여러 계산을 했고, 가능할 것 같다는 결론을 내린 후에 들어오게 되었다. 하지만, 그 모든 계산의 변수 옆에 이 사건은 긍정의 작은 상수로 붙어 있었다.

그 후, 나는 7년째 여기 베트남에서 지내고 있다. 어떤 결정을 앞두고 있을 때, 믿고 따라야 하는 신호가 있다. 그리고 이 신호를 믿고 선택한 것이 옳은 결정이었는가에 대한 긍정의 대답을 하기 위해 오늘을 살아간다.

한국에선 알 수 없었던 것들

베트남에선 '나'를 가리키는 대명사가 딱히 없고, 상대에 따라 '내'가 계속 변한다. 이게 무슨 황당한 말인가? 베트남어를 배우면서 이 부분이 무척 신기했다. 분명 베트남어 교재에는 '또이(Tôi)'라는, '나'를 지칭하는 대명사가 소개되어 있지만 이 단어는 실생활에서 거의 사용하지 않는다. 문서상으로 존재하는 단어이거나, 상대방과 내가 전혀 남남이라고 생각되는 경우에만 사용하는 '나'이다. 간혹 서로 친하게 지내다가 싸울 때, 이 '또이(Tôi)'라는 '나'를 쓰기도 한다. 대신 실생활에서 '나'라는 대명사는 이렇게 사용된다. 예를 들어 '내가 너에게 밥 사줄게'를 베트남 방식으로 표현하면 이렇다.

1. 오빠가 여동생에게 밥 사줄게.

2. 남동생이 누나에게 밥 사줄게.

3. 형이 남동생에게 밥 사줄게.

4. 삼촌이 조카에게 밥 사줄게.

5. 할아버지가 손자에게 밥 사줄게.

무슨 말인지 이해가 되는가? 상대방과 나의 관계에 따라 계속해서 나와 너라는 대명사가 바뀌게 된다. 이게 현지에서 계속 살던 사람들은 원래 그렇게 살았으니까 쉽겠지만, 나처럼 외국인으로서 처음 베트남에 온 사람들은 엄청 헷갈리는 말이다. 오빠, 동생, 삼촌과 같은 단어를 베트남어로 계속 생각하고 있다가, 상대방을 보자마자 뇌에서 입으로 순식간에 툭 나와줘야 한다. '우와 이렇게 대명사를 줄줄이 외워야 하는 언어가 있다고?' 베트남어 선생님에게 간단하게 쓸 수는 없는지 물었다. 선생님이 대답하기를 외국인들은 너무 세분화해서 얘기하지 않아도 현지인들이 다 이해하니까 나이로 봐서 내가 상대방보다 많으면 오빠 또는 형, 적으면 동생이라고 말하면 된다고 했다. 나머지 단어들은 살아가면서 천천히 배워서 쓰라고 한다.

회계팀에서 자금 결재를 받으러 한(Hạnh)이라는 여자 직원이 내게 왔다. 오늘은 결제 대금이 얼마 없고, 다행히 간단한 거래들만 있어서 결재가 어렵지 않은 날이다. 업무가 끝난 뒤에 한(Hạnh)은 따로 챙겨 온 뭔가를 조심스럽게 내 앞에 꺼내 놓는다. 맛있는 거니까 한번 먹어보라고 한다. '고마워.'라고 수업시간에 착실히 배워둔 대로 베트남어로 유창하게 얘기해줬다.

"오빠가 동생한테 고마워."

한(Hạnh)은 웃으며 결재 서류를 들고 나갔다. 역시 사람은 배워야 한다. 이렇게 베트남어로 얘기해주니까 직원들이 확실히 좋아하는 것 같다. '가만, 근데 이게 뭐지?' '한(Hạnh)'이 내 책상에 놓고 간 이 이상한 열매의 정체가 아무리 봐도 생전 처음 보는 거다. '이게 뭐지? 대체 이 자연스럽지 않게 생긴, 악마의 열매처럼 생긴 이게 무엇이란 말인가?'

▶ 꾸어우(Củ ấu)

처음 보는 이 열매를 한동안 눌러 보기도 하고 두드려도 봤다. 양쪽 끝 뾰족한 부분 간 간격은 명함 길이(짧은 변의 길이) 정도 되는 것 같고, 딱딱하기는 호두껍질 같다. 새부리처럼 생긴 양쪽 끝은 가시 같이 뾰족한데, 게의 집게발과 비슷하다. '와! 이게 뭐지? 이걸 어떻게 먹으라고 준거야? 이건 진짜 사람 불러야겠다.'

한(Hạnh)과 같이 회계팀에 있는, 한국어를 조금 할 줄 아는 직원인 마이(Mai)를 불렀다.

"마이(Mai), 이거 뭔지 알아? 한(Hạnh)이 주고 갔는데, 먹는 거 맞아?" 나는 저 마귀같이 생긴 열매를 집어 들고 마이(Mai)에게 물었다.

"하하하, 이거 '꾸어우(Củ ấu)'라는 거예요. 이거 열매인데 딱딱해요. 내가 까서 갖다 드릴게요" 마이(Mai)는 이 열매를 집어 들고 내 눈앞에 보여주며 이름을 말한다.

"아니, 아니야, 까지마. 이따가 집에 가져가서 애들 보여주고 싶어."

"네, 이거 베트남 애들도 많이 가지고 놀아요." 마이(Mai)가 장난스럽게 웃으며 대꾸했다.

"생긴 게 무슨 악마같이 생겼어."

"하하, 네 좀 그렇게 생겼습니다. 그리고 한(Hạnh)이 대신 전해 달라는 얘기가 있어요."

"어? 뭔데?" 나는 궁금하다는 표정으로 마이(Mai)를 바라봤다.

"자기한테 오빠라고 부르지 말아 달래요. 가슴 떨려서 결재 받으러 못 들어오겠답니다. 크크크."

"하하하, 정말? 베트남어 선생님이 이렇게 말하면 된다고 했는데, 그럼 한(Hạnh)에게 말할 때, 나를 뭐라고 말해?"

"'셉(Sếp)'이라고 해주세요. '윗사람'이라는 뜻입니다."

"단어 하나 더 외워야 겠네. 알았어."

감사하다는 생각이 든다. 한국에서만 계속 살았으면 이런 건 하나도 몰랐을 텐데, 이렇게 외국에 나와 살다 보니 아는 게 많아지고, 나눌 수 있는 이야기도 점점 더 풍성해지고 있다. 그리고 매일 뭔가 배우는 이 기분도 나쁘지 않다. 다시 호기심 많은 학생이 되어 살고 있는 기분이랄까?

우리 아이들도 그렇겠지? 이곳의 삶을 통해 우리 아이들과 나중에 함께 이야기할 수 있는 것들이 풍성해지면 좋겠다. 악마 열매를 앞에 두고 신기해서 이렇게 저렇게 사진 찍고 놀았던 기억, 집 앞 풀 속에서 잡았던 왕 달팽이한테 소리 지르던 기억, 그리고 재빠른 작은 도마뱀을 잡아서 아빠 옷소매에 올려놓고 구경했던 기억. 우리 두고두고 얘기할 수 있으면 좋겠다.

▶ 집 앞 가로수에 붙어 있는 달팽이

▶ 내 소매에 붙은 꼬리가 잘린 작은 도마뱀

학교에 간 회사원

나름대로 베트남어를 공부하고 있는데, 대화를 시도해도 현지인들이 내 말을 잘 알아듣지 못하니 재미가 없다. 6개나 되는 성조 때문에 발음이 어렵기도 하고, 아는 단어를 가지고 문장을 만든다고 한 게 말이 안 되는 경우가 있기도 하다. 한 번은 거래처 직원한테 "당신은 몇 살입니까? (Em bao nhiêu tuổi?)"라고 물어본다는 게 "당신은 얼마입니까? (Em bao nhiêu tiền?)"라고 한 적이 있었고(두 문장은 딱 한 글자가 다르다), 얼마 전엔 아는 베트남어 단어를 조합해서 나름대로 문장을 만들었더니 정말 이상한 말이 되어버려서 직원을 한참 웃게 한 적도 있었다. 한국어를 기준으로 "나 밖으로 나갈 거야."라는 말을 베트남 단어를 조합해 만들면 "나 응가하러 갈 거야."라는 말이 된다.

처음 베트남에 왔을 때는 금방 배울 수 있을 거라고 자신했었다. 왜냐면 영어도 그렇게 배웠던 경험이 있었기 때문이다. 나는 30대 후반의 나이에 세무사를 준비했던 적이 있다. 인생의 후반부도 잘 계획해야 하고, 회사에서 세무 업무를 오랫동안 하다 보니, 뭔가 가능할 것 같다는 생각이 들기도 했다. 하지만 여기에도 난관이 있었는데, 영어 점수가 문제였다. 토익 700점 또는 그에 걸맞은 다른 영어 시험의 점수가 있어야 했는데, 몇 달을 연속해서 시험을 쳐도 계속 600점대에 머무는 점수에 좌절하고 있었다. '안 되겠다.' 싶었다. 세무 회계 공부는 나중으로 미루고, 영어에만 전념하자고 생각했다. 의지를 보여주기 위해 모든 주말과 크리스마스 연휴까지 도서관에 박혀 있었다. 그렇게 다시 도전한 영어 시험에서 700점대를 기록하지 못했다. 대신 800점대 중반의 점수를 만들었다. 이로써 세무사 시험 준비를 다시 시작할 수 있게 되었지만, 결과는 낙방이었다. 베트남에 나오기 전, 나에게 베트남 발령을 내렸던 임원이 얘기했다. "임 차장 영어 점수가 비슷한 연차 직원 중에 제일 높아. 이것도 발령에 고려가 됐어." 참 모를 일이다. 세무사 준비 때문에 영어 점수를 만들었는데, 이게 베트남 발령의 고려 대상이 되었다. 어쨌든 과거에 언어를 배웠던 경험이 베트남어 공부에도 자신감을 만들어 주긴 했다.

영어와는 다르게 베트남어는 더 어려운 것 같다. 나라별로 상대적으로 배우기 쉽거나 어려운 언어가 있다던데, 베트남어는 한국어와 잘 맞지 않는 것 같다는 생각이 든다. 혼자 영어를 배울 때와는 다르게 지금 이렇게 베트남어의 홍수에 둘러싸여 있는데도 불구하고 도무지 실력이 늘질 않는다. '체계적으로 배우질 않아서 그런가 보다.' 결국 시간을 쪼개서라도 어학당에 다니기로 하고, 당장 호치민(Hồ Chí Minh) 대학교 어학당으로 등록하러 갔다. 베트남의 대학교 캠퍼스는 한국에서 보던 대학교의 형태는 다르다. 학교가 단과대별로 도시 여기저기에 흩어져 있는데, 어학당이 있는 호치민(Hồ Chí Minh) 인문사회 대학교는 호치민(Hồ Chí Minh) 시내에 위치해 있다. 학교의 오토바이 주차장 뒤편에 있는 어학당 사무실 접수처에 앉아서 직원에게 랭귀지 코스에 대한 설명을 들었다. 2개월이 1개 코스로 이뤄져 있고, 1단계부터 시작할 수 있다고 한다. 다만, 더 높은 단계로 가고 싶으면 테스트를 받아야 한다고 했다. 조금이라도 배워 둔 게 있으니 테스트하겠다고 하자 방금 전까지 접수를 돕던 직원이 나에게 하던 말을 영어에서 베트남어로 바로 바꾼다. 간단한 베트남어 몇 마디를 물어본 후 "2단계로 등록하시면 되겠네요."라고 결정을 내줬다. 가격도 비싸지 않고, 퇴근 후 일주일에 두 번씩 다니는 거면 업무에도 문제가 없을 것 같다. 매주 화, 목 저녁 7시부터 9시까지의 시간을 선택한 뒤, 강의실 번호가 인쇄된 접수증을 받아 들고 어학당 사무실을 나섰다.

며칠 뒤, 첫 베트남어 수업을 하는 날, 오랜만에 학교에 간다는 생각에 마음이 설렌다. 마흔 살이 넘어서 학교에 간다는 게 살짝 떨리기도 했다. 조금 일찍 도착해서 아직 아무도 없는 강의실에 먼저 들어가 앉았다. 앞문 하나만 있는 10명 정도가 들어갈 수 있는 작은 강의실인데, 의자가 붙어 있는 강의실용 책상이 앞뒤 두 줄로 한 줄에 5개씩 놓여 있다. 한국의 여느 학교와 같이 책상은 볼펜으로 낙서도 되어 있고, 여기저기 칼로 파인 홈도 있다. 오후 6시 40분, 저녁이지만 아직 날이 덥다. 강의실 뒤쪽의 누런색으로 변해 있는 벽걸이 에어컨을 틀었더니 '드르르륵' 하는 소리와 함께 먼지 냄새가 확 퍼져 나온다. '좀 지나면 괜찮아지겠지.' 앞문을 열어 두고 앞줄 가운데 책상에 자리를 잡았다. 어떤 선생님 그리고 어떤 학생들과 공부하게 될지 기대하며 교재를 꺼내 보고 있었다.

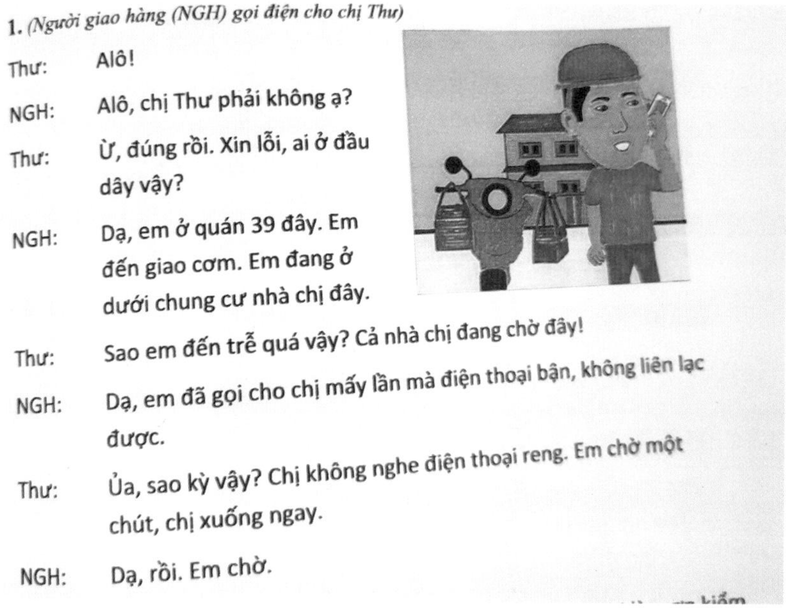

1. *(Người giao hàng (NGH) gọi điện cho chị Thư)*

Thư: Alô!

NGH: Alô, chị Thư phải không ạ?

Thư: Ừ, đúng rồi. Xin lỗi, ai ở đầu dây vậy?

NGH: Dạ, em ở quán 39 đây. Em đến giao cơm. Em đang ở dưới chung cư nhà chị đây.

Thư: Sao em đến trễ quá vậy? Cả nhà chị đang chờ đây!

NGH: Dạ, em đã gọi cho chị mấy lần mà điện thoại bận, không liên lạc được.

Thư: Ủa, sao kỳ vậy? Chị không nghe điện thoại reng. Em chờ một chút, chị xuống ngay.

NGH: Dạ, rồi. Em chờ.

▶ 호치민대 어학당의 베트남어 교재

내 또래 정도 되어 보이는 남자 두 명이 일본어로 얘기하며 들어온다. 두 명은 내 오른쪽의 하얀 벽 안쪽부터 자리를 잡고 앉으면서 나와 눈인사를 했다. '일본 사람이네. 한국 사람은 안 오나?' 잠시 후 30대 초반 정도로 보이는 여자 한 명이 들어온다. "Xin Chào(신 짜오)."라고 작게 베트남어로 인사를 하며 일본 아저씨들 뒷자리 구석으로 들어갔다. 셋이서 서로 일본어로 인사를 한다. '다 일본 사람이네?' 아마 1단계 수업부터 같이 듣고 온 것 같다. 잠시 후 여자 선생님이 들어오며 문을 닫았다. 선생님은 50대 후반 정도로 되어 보이는 분인데, 검정 블로퍼에 두꺼운 돋보기를 쓰고 있다. 나에게 인사를 건네더니 베트남어로 이름, 나이, 직장에서 뭘 하는지 물어본다. 레벨을 확인하려고 하는 것 같아서 혹시 1단계로 쫓겨날까 짧은 질문에도 열심히 대답했다. 선생님은 나에 대한 질문을 끝낸 뒤, 휴대전화 번호를 적어달라며 학생들의 이름들이 적혀 있는 출석부를 한 장 내민다. 역시 한국 이름은 나밖에 없다. '서양 이름도 있는데.' 하는 순간 문을 쓱 밀고 한 명이 더 들어온다. 한 손에 헬멧을 들고 있는 갈색 곱슬머리의 서양 여자가 Xin Chào를 "쉰 좌오."라고 발음하며 내 뒤에 앉았다. 우리 반은 이렇게 한국 사람 1명, 일본 사람 3명, 프랑스 사람 1명 총 5명이다. 선생님이 화이트보드에 뻑뻑거리며 베트남어 문장을 쓴 다음 따라 읽으라고 시킨다.

"나는 소고기 쌀국수를 가장 좋아합니다." 간단한 문장인데 발음이 어렵다. 역시나 선생님은 학생들의 발음이 좋지 않다고 계속 다시 시키고 있다. 쌀국수 발음이 어렵다. Phở(퍼)라고 발음해야 하는데, 성조가 있기 때문에 발음하기가 어렵다. O 위에 그려 있는 물음표 모양이 성조 표시인데 발음을 물음표처럼 위에서 아래로 흔들어줘야 한다. 이걸 글로 설명하기가 너무 어렵다. 그래도 내가 나름대로 깨달은 느낌적인 느낌으로 설명해보면, 빨래한 수건 윗부분을 잡고 아래로 휙 터는 느낌으로 발음하면 된다. 수건이 아래로 한번 펄럭이다가 제일 하단이 튕겨 올라오는 느낌을 떠올려 보자. 이 이미지가 떠오른다면, 이제 어렵지 않다. 이렇게 쓰면 이해가 되려나 싶지만, [퍼어~어↗]. 아무튼 베트남어 발음이 쉽지 않아서 우리가 계속 틀리고 있다. 갑자기 프랑스 여자가 웃음을 터뜨린다. Phở 발음이 너무 어렵기도 하고, 또 뭔가 이 초등학교다운 분위기가 우스운가 보다. 나도 그렇게 느꼈고, 학생들 모두 웃음이 나왔다.

이제 어려운 발음 연습을 끝내고, 배운 문장을 가지고 파트너와 질문 주고받기를 하라고 한다. 일단 처음엔 일본 아저씨 두 명, 그리고 여자 두 명이 같은 조가 된다. 나는 조원이 없어서 선생님과 함께하기로 했다. 나이 많으신 선생님은 마치 추석에 만난 고모처럼 쉼 없이 질문을 퍼붓는다. "나이가 몇 살입니까? 결혼을 했습니까? 부인은 몇 살입니까? 아이는 몇 명입니까? 아버지는 뭐 하십니까? 어머니는 뭐 하십니까?" 외국에선 이런 거 물어보는 게 실례라고 들었는데, 베트남에선 괜찮은가 보다. 한국 친척집에 온 느낌이다. '아마 관계를 맺기 전에 서로의 나이로 서열을 정해야 돼서 그러는 건가?'라는 생각도 들었다. 어쨌든 선생님의 개인 신상에 관한 질문이 계속 이어진다.

이제 조가 바뀌었다. 나는 내 옆의 일본 아저씨와 같은 조가 되고, 내 뒤에 프랑스 여자가 선생님이랑 같은 조가 되었다. 나와 일본 아저씨는 아직 베트남어가 짧아서 그런지 대화가 일찍 끝났다. 그리고 내 뒤에선 선생님과 학생의 대화가 줄기차게 이어지고 있다. "당신은 몇 살입니까? 결혼을 했습니까? 왜 안 했습니까? 결혼할 계획이 있습니까? 언제 할 계획입니까?" '와! 이런 것까지 물어보네.'라는 생각이 든다. 프랑스 사람은 멋쩍은 표정을 지으면서도 더듬더듬 대답을 하고 있다. 그렇게 선생님의 호구조사에 걸려서 탈탈 정신을 털리고 있던 프랑스 여자가 선생님에게 영어로 질문을 했다. "선생님은 교사 자격증이 있나요?" 선생님은 당황한 듯 있다고 대답했고, 학생들은 피식 웃었다.

이렇게 두 달 코스를 두 번, 총 4달 과정의 코스를 무사히 마쳤다. 몇 번 빠지긴 했지만, 중도에 그만둔 두 명의 일본 아저씨보다는 낫다. 모두들 낮에는 직장에서 엔지니어로, 관리자로, 또 디자이너와 회계사로 열심히 일하다가 저녁엔 어학당에 나와 학생이 되는 이 분위기도 즐거웠다. 또 열정이 넘쳐서 항상 수업시간을 20분씩 넘겨서 끝내주는 선생님에게도 감사했다. 물론 어떤 날은 심하게 짜증이 나기도 했었다.

아직 초급반만 마쳐서 그런지 한국 TV에서 본 한국에 살고 있는 외국인들처럼 현지 언어를 잘하지는 못하지만, 마지막 수업에까지 출석한 것에 의의를 두기로 하자. 중급반으로 넘어가고 싶지만 회사 일 때문에 일단 여기서 멈춰야 한다. 요즘 회사에 다시 바쁜 일들이 생기고 있다. 다음에 또 더 공부할 기회가 있겠지. 마지막 날, 시험을 마치고 나서 우린 서로 손을 흔들며 인사를 나눴다. 종강 후 다음 학기에 또 만날 것 같은 기분이 들었다.

"Hẹn gặp lại(헨 갑 라이/다시 만나요)."

두 번 다시 먹을 수 없는 라면 조리법

여기는 쌀국수의 나라, 베트남. 외국에서 음식이 입에 맞지 않으면 그렇게 고역이라고 하던데, 내 입에는 베트남 쌀국수가 너무 잘 맞는다. 베트남에 와서 쌀국수의 종류가 이렇게 많은 지 처음 알게 되었다. 한국에서 흔히 베트남 쌀국수라고 알고 먹었던 것은 베트남 북부지방에서 유명한 퍼(Phở)라는 것이었고, 지역마다 다른 스타일의 쌀국수가 존재하고 있었다. 대표적으로 북부는 퍼(Phở), 중부 지역에서는 분보(Bún Bò), 남쪽에는 후띠우(Hủ Tiếu)라는 유명한 쌀국수가 있다. 이렇게 국물에 먹는 것 이외에도 분짜(Bún Chả), 분팃느엉(Bún Thịt Nướng) 등 다양한 쌀국수가 있다. 베트남에 와서 처음 몇 개월간은 쌀국수를 정말 많이 먹었다. 그러다 1년 정도가 지나면서 그 횟수가 현저히 줄어들기는 했지만,

여전히 일주일에 한 번 정도는 쌀국수를 먹는다. 베트남 각 지역에 출장 다니면서 그 지역의 유명한 쌀국수들. 예를 들면, 생선이 들어간 쌀국수, 오징어가 들어간 쌀국수와 같이 다양한 쌀국수를 먹어보는 것도 나에겐 소소한 재미가 되기도 한다.

▶ 쌀국수 퍼(Phở)

쌀국수 분보(Bún Bò) ◀

▶ 쌀국수 후띠우(Hủ Tiếu)

베트남 법인에서 일을 시작하게 된 초창기. 점심식사가 참 어려웠다. 함께 일하고 있던 한국 법인장이 사무실에 있는 경우에는 10분 거리에 있는 한국 식당으로 가서 점심식사를 해결하곤 했다. 특별한 맛이 있는 곳은 아니었지만, 거기 밖에는 한국 식당이 없었기 때문에 다른 대안이 없었다. 문제는 나 혼자 있는 날이었다. 법인장이 출장을 가는 날이면, 난 혼자 사무실과 공장을 지키며 베트남 직원들과 함께 구내식당에서 점심식사를 하는 경우가 많았다. 구내식당에서는 오직 베트남 음식만 가능하다. 베트남 직원들은 맛있다며 잘 먹지만, 내 입맛에는 맞지 않는 음식이 종종 있었다. 전체적으로는 음식이 한국보다 짜기도 하고, 반찬으로 개구리 조림이나 돼지 내장 요리 같은 게 나오면 먹기 힘들었다. 물론 먹긴 했다. 힘들게. 때로는 집에서 도시락을 싸 간 적도 있었다. 하지만 와이프의 상태를 볼 때 이건 지속 가능하지 않다고 생각했다. 그래서 김, 김치, 참치 등을 회사에 갖다 놓고 베트남 구내식당의 음식을 함께 먹기도 했다. 내가 식당으로 들어가면, 구내식당의 조리사는 계란프라이를 따로 해서 내 식판에 올려주었다. 하루도 빼놓지 않고 두 개씩 계란프라이를 해줬다. 조리사 아주머니가 고맙게 느껴졌고, 조리사도 '맛있지?'라는 표정으로 내가 먹는 모습을 지켜보곤 했다. 그녀는 특별히 나에게만 베트남에서 나오는 과일들, 망고, 구아바, 잭플루트 같은 것들을 후식으로 챙겨주었다.

하루는 라면이 먹고 싶었다. 회사에서 컵라면을 종종 먹긴 하는데, 그건 그저 간식으로 먹은 것이었다. 점심으로 라면을 먹고 싶어서 내가 제일 좋아하는 라면인 신라면을 가지고 회사로 갔다. 나는 그냥 조리법대로 끓인 라면을 좋아한다. 그래서 내가 끓이려고 구내식당의 주방으로 들어갔다. 조리사가 본인이 끓이겠다면서 라면을 봉지 채 들고 자기에게 맡겨달라고 한다. 이 상황을 밖에서 지켜보던 통역 직원이 쪼르르 주방으로 들어왔다.

"내가 끓일 테니까 냄비만 주세요." 조리사에게 얘기했더니, 통역이 옆에서 듣고 있다가 냄비를 달라고 조리사에게 대신 얘기해 준다.

"내가 끓여 줄게요." 조리사가 대답하며 웃고 있다.

"내가 끓이는 게 더 좋아서 그래요. 냄비 어디에 있어요?" 난 아무래도 못 미더웠고, 내가 끓여 먹고 싶었다.

"냄비가 큰 것 밖에 없어서 미스터 림이 끓이기 힘들어요." 조리사가 엄청 커다란 냄비를 가리키며 웃고 있다. 냄비가 진짜 커 보인다. '이건 진짜 전문가가 해야 되겠다.'라는 생각이 들었다.

"그래요. 그러면 계란 풀지 말고 라면만 끓여줘요." 통역 직원에게 얘기했고, 조리사도 이해했다고 했다.

그렇게 나는 주방에서 나와서 밥을 먹고 있는 다른 베트남 남자 매니저와 한 테이블에 앉아 내 라면을 기다리고 있었다. 날이 덥다. 식당 내부는 온통 파란색이다. 푸른 계열의 타일이 바닥에 깔려 있고, 벽에도 푸른빛의 페인트가 칠해져 있다. 테이블과 의자는 은색의 스테인리스 재질이다. 전체적으로 시원해 보이지만 진짜로 시원하진 않다. 에어컨 없이 천장의 선풍기만 돌아가고 있다. 커다란 구내식당의 모든 창문과 출입문은 열려 있지만, 오늘은 바람이 잘 불지 않는다. 덥고 땀이 난다. 내 라면을 기다리며 베트남 매니저에게 날이 덥다는 얘기를 하고 있는 중이었다. 드디어 조리사 아주머니가 커다란 은색 쟁반 위에 하얀 플라스틱 그릇을 담아 들고 나왔다. 코카콜라 한 캔이 함께 쟁반에 놓여 있고, 옆에 있는 작은 접시에는 바나나도 한 송이 담겨 있었다. '그래 역시 라면은 센 불로 끓여야 맛있지.'라는 생각을 하며 이미 알고 있는 그 맛을 떠올리고 있었다.

"제가 원래 면 요리를 잘합니다."라고 아주머니가 말했다며 나와 함께 있던 남자 매니저가 얘기해 준다. 나도 그 말을 듣고 라면을 보기 전 약 0.5초간 잠깐 기대하기도 했다. '이게 뭐지?' 나는 속으로 정말 '뜨아' 싶었다. 라면이 잘 안 보인다. 국물이 대접을 거의 넘칠 정도로 담겨 있었고, 대접을 내려놓는 아주머니 엄지손가락이 찰랑대는 국물에 담겼다 나오기를 반복하고 있었다. 물이 넘치지 않게 조심스레 내 앞에 라면을 내려놓은 뒤, 조리사 아주머니는 내 표정을 확인한다. '잘했쥬?'라는 표정으로 날 바라보는 아주머니의 표정이 읽히지만 나는 얼굴 전체로 실망을 표현하고 싶었다.

라면의 국물이 많은 것도 그렇지만, 라면이 담긴 대접 안에는 얇게 썰린 소고기, 고수, 숙주나물이 가득 쌓여 있었고, 그 옆에는 반으로 잘린 라임도 있었다. '그래. 내가 잘못했다.' 내가 계란 풀지 말라고만 했지, 다른 것 넣지 말라는 말은 안 했던 것 같다. 이분은 베트남 정통 방식의 쌀국수에 한국 라면의 콜라보를 만들어 오셨다. 최선을 다 한 조리사 아주머니에게 불만족을 표현하기는 미안했다. '뜨아' 싶기는 해도 일단 한 젓가락 먹어보았다. 역시나 싱겁고, 라면 맛이 하나도 없는 정체불명의 밍밍한 맛이다. 숙주나물이 사각사각 씹힌다. 난 먹을 만하단 표정으로 아주머니에게 주방으로 들어가시라고 손짓했고, 아주머니는 맛있게 먹으라며 한번 웃어주고는 주방으로 돌아갔다.

나는 바나나를 먹었다. 콜라도 마시고, 내 앞의 베트남 매니저가 밥을 다 먹고 잔반 처리하러 갈 때 후딱 일어나서 잔반통에 다녀왔다. 그렇게 스페셜 한 라면은 잔반통으로 사라졌다. 역시 쌀국수의 나라 베트남이다. 국수에 대한 자부심이 인스턴트 라면도 근사한 면 요리로 대접하고 싶게 만들었나 보다. 참 바뀌기 어려운 것 중의 하나가 음식 문화인 것을 다시 한번 느낀다. 그녀의 특별한 요리에 특별한 반응을 보일 수 없어 안타까운 날이었다.

너무나 좁은 베트남의 한인타운

작은 세상 이야기 1

얼마 전부터 귀가 잘 들리지 않는다. 요즘 들어 오른쪽 귀가 몇 분간 들리지 않는 날이 있다. 아마 스트레스 때문일 것 같지만, 한국으로 가서 진료를 받아 보기로 했다. 항상 한국에 갈 때는 가족들과 함께 다녔는데, 오늘은 혼자 들어간다. 일찍 체크인을 마치고 대한항공의 일반석 창가 자리에 앉아 있었다. 난 정장을 입고 있다. 한국에 들어가는 김에 본사에 들러 업무 보고도 하기로 했고, 초가을인 한국은 이제 좀 쌀쌀해지기 시작했을 것 같아서 아예 정장을 입고 들어가기로 했다. 조금 불편하긴 하지만, 이따 재킷만 벗자고 생각했다.

오늘도 비행기가 만석인가 보다. 사람들이 계속해서 안으로 들어오고 있다. 한국으로 가는 비행기에서는 아는 사람을 만나는 경우가 자주 있어서, 오늘은 누가 또 나와 함께 한국에 들어가는지 통로를 지켜보고 있다. 역시나 아는 사람이 있었다. 같은 교회 다니는 여자 집사님인데 초등학교 1학년인 딸과 함께 통로로 걸어 들어온다. "안녕하세요?" 인사를 했다. "네. 안녕하세요? 여기서 다 만나네요?" 집사님도 인사를 하고 귀여운 아이도 꾸벅 고개를 숙였다. "어? 근데 자리가 여기세요?" 집사님이 놀라는 표정을 지었다. 내 옆의 두 자리가 여자 집사님과 딸의 자리였다. 내가 창가, 아이가 가운데, 여자 집사님이 통로에 자리를 잡게 되었다. 약간 불편하기도 했다. 교회에서도 인사만 하고 별다른 얘기를 해 본 적이 없는 분인데, 무슨 얘기를 해야 하나 싶었다. 한국엔 무슨 일로 들어가는 지와 같은 간단한 이야기를 주고받은 다음에 나는 팔짱을 끼고 눈을 감았다. 벗지 않은 재킷에 팔꿈치가 불편하지만 그냥 가만히 앉아 있었다. 지금은 귀가 좋지 않아서 영화도 보지 않았다. 아이는 영화를 보고, 여자 집사님은 성경책을 읽고 있었다. 나는 그렇게 눈을 깜박거리다가 잠이 들었다.

다리가 무거운 느낌이 있어서 중간에 잠을 깼는데, 내 옆에 앉은 꼬마 여자아이가 내 허벅지에 자기 다리를 올려놓고 비스듬히 누운 채 자고 있다. 난 딸이 없어서 그런지 귀여운 느낌이 들었다. 그냥 그렇게 자게 내버려 두었다. 잠시 뒤, 승무원이 통로로 지나다니면서 입국 신고서를 나눠주고 있는데, 우리 자리에 와서는 통로에 있는 여자 집사님에게 한 장만 주고 지나가려고 한다. "저도 한 장 필요해요." 그냥 지나가려는 승무원을 불러 얘기했다. "가족은 한 장만 작성하시면 됩니다." 승무원은 우리가 가족이라고 생각했나 보다. 그럴 수 있겠다고 생각하며 웃었다. "저희 가족 아니에요." 놀란 승무원 앞에서 여자 집사님도 웃고 있었다.

작은 세상 이야기 2

하루는 예배시간 전에 교회 현관에서 안내를 하고 있었다. "어서 오세요. 주보 받아 가세요." 이렇게 말하며 교회 입구에 서 있는데, 10년 전즈음에 한국에서 마지막으로 만났었던 한 후배가 내 앞을 지나간다. 얼굴은 그대로인데 덩치만 변한 것 같다.

"어?" 깜짝 놀란 나는 비명에 가까운 감탄사를 질렀다. 그도 그럴 것이 지난 10년간 연락이나 왕래가 없었는데, 갑자기 여기 베트남에서 만나게 된 것이다. 뭔가 현실감이 떨어지는 상황이라고 생각했고, 희박한 확률의 다중우주 어딘가에 있는 듯한 기분도 느꼈다.

"어? 형님! 안녕하세요." 내 후배도 깜짝 놀란 분위기다. 나에게 인사를 건넨다.

"우와~ 오랜만이다. 잘 지냈지? 여긴 어쩐 일이야?" 난 마시던 아이스 아메리카노를 현관문 옆에다 내려놓고 후배에게 악수를 청했다.

"전 얼마 전에 여기로 발령이 나서 왔습니다." 내 악수에 응답하며 명함을 건넨다.

그 후, 이 친구의 가족과 여행도 다니고 서로 해외 생활을 의지하며 지내고 있다. 여기 와서 더욱 느끼는 것이지만, 세상이 참 좁다.

▶ 한인타운인 푸미흥 야경

베트남의 최대 경제도시인 호치민(Hồ Chí Minh)에는 약 1천만 명의 인구가 있다. 그중에 한국 사람의 숫자는 인구의 1%가량인 9만 명 정도이다(재외동포현황 2021, 외교부). 이들 대부분은 한국 본사에서 파견 나온 회사의 주재원들, 그리고 현지에서 한국 회사에 채용된 사람들이다. 결국 이들은 몇 년 후에 다시 한국으로 돌아갈 계획이 있는 사람들이다. 그러기에 더욱 빠르게 정보를 얻고 근무하기 쉬운 장소에 밀집되어 살게 되는 것 같다. 한인들은 거의 호치민(Hồ Chí Minh)의 '푸미흥(Phú Mỹ

Hưng)' 그리고 '안푸(An Phú)'라는 동네에 모여 있다. 이렇게 해서 정말 좁디좁은 한인들의 세상이 생겨나게 되었다. 여기서 지낸 지 일 년쯤 지나니 한국행 비행기를 타거나 내릴 때는 꼭 아는 분과 인사를 하게 된다. 심지어 이렇게 비행기 바로 옆 좌석에서 이웃분을 만나 한국에 같이 갔었던 적도 있었고, 베트남 다른 도시의 관광지에서 아는 사람을 만나는 건 그다지 특별한 일이 아니게 되었다. 심지어 한국에 잠시 들어갔다가 경부고속도로 안성휴게소에서 호치민(Hồ Chí Minh)에 사는 이웃을 만나기도 했다. 이런 상황이 너무 빈번해서, 꼭 시트콤 세상에 들어와 있는 것 같다고 와이프와 얘기하기도 한다.

처음 베트남에 도착한 날, 한국 자원봉사 단체에서 만났던 베트남 친구를 내가 발령받은 베트남 회사에서 직원으로 다시 만났던 당시에도 이런 생각을 했지만, 이러한 일들이 나에게 주는 메시지가 있는 것 같다는 생각을 한다. 특히 해외에 나와서 이런 우연을 더 많이 경험한다는 것은 분명히 나에게 주는 어떤 징표가 아닐까? '아직은 내가 옳은 길에 있다는, 그러니 아직은 여기서 돌이키지 말라는 사인.'

마이의 뜻은 매화입니다

베트남에 있는 한국 회사다 보니까 한국어에 관심이 있는 직원들도 많고, 한국어학과를 졸업한 뒤 들어온 직원들도 있다. 그중 호치민(Hồ Chí Minh) 대학교 한국어학과를 막 졸업한 뒤 회계팀에서 근무하고 있는 마이(Mai)라는 여자 직원은 한국을 너무 사랑한다. 대학교를 막 졸업했다고는 하지만, 내가 보기엔 아직 고등학생처럼 보인다. 처음엔 슈퍼주니어를 사랑해서 한국에 관심을 갖게 되었다고 했다. 그중 이특을 제일 좋아해서 책상엔 이특 사진이 붙어 있다. 해리포터의 주인공 다니엘 래드클리프와 엠마 왓슨의 사진도 이특 옆에 나란히 자리 잡고 있다. 아직 한국에 다녀온 적이 없지만 언젠간 꼭 가고 싶어 하고, 한국어를 열심히 공부해서 어느 부서의 직원이 아닌 온전한 통역 직원으로 근무하고 싶어

한다. 또 집에서 우리 회사까지 출근하기 위해 매일 새벽 4시에 일어나는 어마 무시한 직원이다.

하필 베트남에 발령받자마자 세무서에서 세무조사를 나왔다. 회계팀 직원들과 세무 이슈에 대해 영어로 힘겹게 의사소통하고 있는데 그나마 마이(Mai)가 도와줘서 조금 수월하게 업무를 처리하는 중이다. 기특하게도 마이(Mai)는 회계 용어를 배우기 위해 한국 회계 관련 서적을 보면서 매일같이 전문적인 단어들을 익히고 있었다. 베트남 세무서 공무원들은 식사하는 시간을 좋아하고 또 긴 시간 동안 식사를 즐기기도 한다. 그래서 일단 밥을 먹으러 외부로 나가면 그날 업무는 그 시간부로 종료된다. 식사 시작과 함께 술이 들어가고 그러다 보면 밖은 어둑해지기 때문이다. 오늘도 회사에 들어온 중년의 남자 공무원 두 명은 점심에 차를 타고 밖으로 나가자고 한다. 그 밑에 막내 여자 공무원 한 명은 윗분들이 시키는 대로 우리 직원들에게 일정을 통보해주고 있다. 우리도 회계 매니저 후옌(Huyền)과 나, 그리고 마이(Mai)가 함께 나가기로 했다. 오늘도 점심시간부터 업무가 종료될 예정인가 보다.

"마이(Mai), 오늘은 점심에 뭐 먹자고 한대?"

"오늘은 짐승들을 먹자고 해요."

"짐승? 무슨 짐승? 동물 얘기하는 거야?"

"동물인데, 키우는 것이 아니라 들판에 사는 것들입니다. 그런데 저도 잘 모릅니다."

뭐지? 뱀 같은 거 먹으러 간다는 건가? 제발 이상한 음식이 아니길 기도하며 식당으로 들어갔다. 공무원들이 미리 예약해서 준비되어 있는 음식은 참새구이다. '헐, 깃털이 뽑힌 참새가 머리부터 발끝까지 맨몸으로 누워 있네. 그래도 내가 잘 먹어야 세무조사에 도움이 되겠지?'

"마이(Mai), 이건 어떻게 먹는 거야?" 반짝거리는 동그란 스테인리스 의자에 앉으며 조용히 마이(Mai)에게 물었다.

"저도 처음 봤습니다. 공무원들 먹는 대로 먹으면 됩니다." 마이(Mai)도 조용히 대답하며 앉았다.

공무원들이 먹는 대로 긴 손가락만 한 참새를 라임즙을 섞은 소금에 찍어서 통째로 씹었다. 머리가 오독하고 씹히는 소리가 나고 가느다란 발가락도 씹히는 것 같다. '와! 이거 뇌 터지는 소린가? 뭔가 발가락도 느껴지는 것 같아. 아… 이거 맨 정신에 먹기 힘들겠다. 술 몇 잔 마시고 시작해야겠어.’ 그렇게 얼음을 탄 타이거 맥주를 한잔 마시고 나니 좀 괜찮아진 것 같다. ‘다행이다. 그렇게 생각만큼 맛없진 않아. 그리고 내가 잘 먹으니까 얘네들도 좋아하는 것 같고.’ 계속해서 공무원들은 나의 신상을 묻고 있다. 그리고 자기들끼리 무슨 얘기를 하는지 엄청 웃어댄다.

“마이(Mai), 이건 왜 통역 안 해줘? 이 사람들 무슨 말 하고 있는 거야?”

“어… 그들은 서로 쓸데없는 얘기하고 있습니다.”

“뭐?” 하고 놀란 표정으로 다시 마이(Mai)를 쳐다봤다. 안 그래도 검은 얼굴이 더 빨개진 채로 계속 참새구이를 씹고 있다.

“What are they talking about? (저 사람들 무슨 얘기하고 있어?)” 공무원들과 함께 웃고 있는 우리 회사 회계 매니저 후옌(Huyền)에게 물어봤다. 그녀는 우리 회사에서 근무한 지 10년이 넘는 여자 매니저이다.

“They're talking very sexual jokes. I can't explain to you.(그들은 굉장히 야한 농담을 하고 있어요. 난 설명할 수 없습니다.)” 그녀가 대답하며 웃는다. 야한 얘기를 하고 있어서 나이 어린 마이(Mai)가 통역할 수 없던 것이었다.

하루는 마이(Mai)가 내 이름이 무슨 뜻인지 물어봤다. 나는 한자 풀이를 해주며 이름을 설명해 주었다. 마이(Mai)도 자기 이름이 무슨 뜻인지, 또 다른 직원들 이름은 어떤 뜻이 있는지 아느냐고 물었다.

"아니, 잘 모르겠는데, 하긴 베트남 사람들 이름도 다 뜻이 있는 거지? 뜻을 알면 더 편하겠다. 지금은 다 이름이 비슷한 것 같아서, 잘 외우질 못하겠네."

"네, 다 뜻이 있어요. 제 이름 마이(Mai)는 한국말로는 매화나무 있죠? 그 매화꽃을 뜻하는 겁니다. 그리고 보통은 한국처럼 성 한 글자에 이름 두 글잔 데 부를 땐 제일 끝에 있는 글자만 부릅니다."

"와! 한국이랑 진짜 비슷하네. 다 한자에서 유래한 거구나?"

"한자는 뭔지 모릅니다. 그런데 다 뜻은 있어요. 다른 직원들 이름 알려드리면, 끄엉(Cường)은 강하다는 뜻이고, 롱(Long)은 용이라는 뜻입니다."

한국하고 베트남 하고 많이 다른 줄 알았는데, 비슷한 부분이 많이 있었다. 마이(Mai)는 그렇게 한국과 베트남이 비슷하게 연결되어 있다고 한국 사람인 나에게 설명해 주고 싶어 했다. 그리고 마이(Mai)는 이특이 있는 한국에 너무 가고 싶어서 비행기표 구입할 비용을 모으고 있는데,

다 모은다고 하더라도 출신이 좋지 않아서 한국행 비자를 받을 수 없을 것 같다고 나에게 얘기했다.

"한국어 공부 열심히 하면서 근무 잘하고 있으면, 회사에서 보증해서 한국에 갈 수 있게 해 볼게. 그러면 출신이 어디든 상관없을 거야." 이렇게 마이(Mai)에게 희망을 주고 싶었다.

2장

굴러들어온 자는 텃세를 당하기 마련

ĐẶC SẢN
CAO LẦU
HOÀNH THÁNH
BÁNH BAO BÁNH VẠC
CƠM GÀ

나에겐 너무 무서운 그녀

베트남 법인에 처음 나올 때, 한국에서 나를 발령한 임원분이 얘기했다. "베트남에 가면 후옌(Huyền)이라고 있어. 그 직원이 회계 매니저인데, 회사 설립하기 전부터 영어 통역으로 있던 직원이거든. 일단 그 직원을 통해서 회사 내용을 잘 파악하면 될 거야. 나도 여러 번 베트남에 출장 나가봤는데, 베트남 현지 사정을 제일 잘 알고 있고, 한국 사람들에게도 친절해. 들어갈 때 공항에서 후옌(Huyền)한테 줄 화장품도 좀 사가면 좋아할 거야."

그렇게 베트남에 발령을 받아 나왔더니, 진짜로 후옌(Huyền)이라는 그 매니저가 가장 적극적으로 나의 업무를 도와주었다. 나보다 5살 어린 여자였는데, 회사의 베트남 여자 직원 중에서 키가 가장 큰 편이었다. 162~163cm 정도 되고 날씬한 편이어서 회사에서 중요한 행사를 하면, 옆라인이 트인 아오자이를 입고 가장 앞에 서서 행사를 진행하는 직원이다. 본인에게 직접 얘기를 들어보니, 처음에 우리 회사가 베트남에서 통역 직원을 뽑을 때 들어오게 되었고, 회사 설립 업무부터 건축과정까지 모든 업무에 통역으로, 또 말단 실무자로 관여했다고 한다. 그리고 사무동이 지어지고 나서부터는 직원들을 뽑는 일에도 함께 참여했고, 일이 끝나면 저녁마다 시내에 나가 회계 공부를 해서 결국에는 회계 매니저 자격증을 취득했다고도 한다. 그렇게 총무업무, 자금업무, 회계업무 등을 거치며 이제 실제로 회계 매니저가 된 착실한 직원이었다. 싹싹하고 영어를 잘할 뿐 아니라, 회계 업무와 관리부서 전체의 업무를 다 알고 있는 듯했다.

▶ 베트남 전통 복장인 아오자이

나의 환영식을 하기 위해 매니저들 모두와 시내의 한 식당에서 저녁을 먹은 날이었다. 베트남 남부의 지역에서는 독한 증류주와 같은 술 대신에 주로 맥주를 마신다. 우리는 타이거 맥주를 마셨다. 베트남에서 맥주를 마실 때는 커다란 투명 유리잔에 넣은 얼음과 함께 마신다. 이렇게 마시면 별로 취하는 것 같은 느낌도 없다. 그리고 그렇게 조금씩 취해간다.

"오늘 감사했습니다. 법인장님 들어가세요." 회식을 마치고 법인장에게 인사를 했다.

"어. 임 부장도 조심히 들어가." 법인장은 약간 취한 말투로 차 문을 닫았다.

나는 내 차 은색 이노바(INNOVA)를 부르고 식당 앞에서 기다리고 있다.

"Mr. Lim!" 후옌(Huyền)이 뒤에서 나오며 나를 부른다.

"어? 후옌(Huyền)은 아직 안 갔네?" 이미 회사 통근버스를 타고 출발한 다른 매니저들은 봤었는데, 아직 후옌(Huyền)은 출발하지 않았나 보다.

"네. 저는 가는 길에 중간에서 내려주실래요?" 후옌(Huyền)은 본인 집이 우리 집 가는 길 중간에 있다며 내려달라고 한다.

"그래. 어서 타."

내 옆자리에 앉은 후옌(Huyền)은 한국에서는 어떤 일을 주로 했었냐고 말을 걸면서 내 옆으로 더 붙었다. 그러더니 운전기사에게 내릴 곳을 얘기하고는 내 어깨에 기댔고 잠들어 버렸다. 난감했는데, 곧 내릴 것이라서, 또 취한 것 같아서, 또 베트남의 문화를 잘 몰라서 가만히 있었다. 그러다 내 팔을 문질렀다. 분명히 느꼈다. 후옌(Huyền)이 자기의 팔뚝으로 반팔을 입고 있던 내 팔뚝을 문질렀다. 나는 후옌(Huyền)을 밀쳐냈고, 그녀는 다 도착했다며 "Good night. See you tomorrow."라고 외치고 내 반대편 문으로 내렸다.

몇 달 후, 한 거래처 사장한테 연락이 왔다. 한국 사람이었는데, 법인장의 지시로 최근에 우리와 거래를 시작한 사람이었다. 그런데 본인은 전면에 나서지 않고 베트남 사장을 세워놓고서 투자만 하신 거라고 얘기를 듣기는 했었다.

"임 부장님. 거기에 후옌(Huyền)이라는 매니저가 있습니까?" 괄괄한 목소리의 나이 드신 사장님은 전화를 받자마자 나에게 용건을 말했다.

"네. 사장님. 안녕하세요. 그렇죠. 저희 직원 중에 있어요. 회계 매니저인데, 무슨 일이세요?"

"아니, 걔가 지난 일요일에 우리 회사 베트남 책임자 집으로 찾아왔어요. 그리고서, 아, 내가 참 기가 막혀서."

"무슨 일이세요, 사장님?" 나도 궁금해 다음 얘기를 빨리 해달라고 재촉했다.

"아니, 걔가 찾아와 가지고 매월 자금 결제를 해줄 건데, 거래 총 금액의 몇 %를 자기한테 주면 2주 후에, 그것보다 더 많은 몇 %를 주면 1주

후에 지급하겠다. 안 주면 한 달 넘게 걸릴 수도 있다. 뭐 이따위 소리를 했다고 해요." 거래처 사장은 어이없다는 말투로 말을 마친다.

"네? 제가 확인해 보고 연락드리겠습니다." 나는 당황한 채로 그 사장과 전화를 마쳤다.

법인장에게 이 얘기를 전했다. 법인장은 노발대발했다.

"아니, 그렇게 우리에게 알랑방귀 뀌더니, 그런 거 해 먹으려고 그랬던 거야?" 법인장은 어이없다는 식으로 말하며 새로운 회계 매니저를 알아보자고 제안한다. 그렇게 새로운 매니저와 면접을 보고 최종 입사를 확정했다. 그 새로운 매니저를 후옌(Huyền)의 시니어로 앉히고, 후옌(Huyền)은 잠시 하치장 감사를 진행하라고 업무 지시를 내렸다. 그리고 며칠 후, 새로운 매니저는 입사하지 않겠다고 얘기하러 들어왔다.

"왜? 왜? 입사를 않겠다고 하는 거야?" 새로운 매니저에게 물었다.

"사실, 어제 퇴근하는 길에 강도를 만났습니다. 제 허리에 칼을 대고 있던 강도는 지금 다니는 회사를 퇴사하지 않으면 다음엔 집으로 찾아가서 와이프와 아이들에게 칼을 들이대겠다고 말했어요." 새로운 매니저는 떨고 있었다. 여러 번의 급여 인상 약속과 당분간 차량을 지급하고 가드를 붙여주겠다는 설득으로도 그 매니저를 잡을 수 없었다. '이게 이곳의 수준인가? 그렇게 한국 사람들에게 칭찬받던 후옌(Huyền)은 이런 사람이었구나.' 물론 그녀가 새로운 매니저에게 협박을 했는지 확신할 수는 없었다. 하지만 정황상 충분히 의심할 수 있는 상황이었다.

결국, 후옌(Huyền)을 정리했다. 회사 내부에는 그녀의 친척들, 고종사촌, 이종사촌, 조카 등이 근무하고 있었다는 것도 나중에 밝혀졌다. 모두 정리했고, 지금은 다 다른 사람들로 대체됐다. 하지만 모른다. 나중에 이 사람들도 또 다른 계획을 가질 수도 있다.

베트남 시골의 마피아 vs 한국인 주재원

이번에도 용역 회사를 변경했다. 내가 온 일 년 동안 벌써 두 번째다. 몇몇의 거래처로부터 컴플레인이 들어왔기 때문이다. 거래처가 우리 제품을 실으러 화물차를 가지고 공장으로 들어와도, 용역 회사에 뒷돈을 주지 않으면 빨리 출고되지 않는다는 것이었다. 그래서 용역 회사를 바꾸는 중이다. 이 과정 중에 이상하게 생각되는 것이 하나 있다. 용역 회사를 바꿔도 중간 관리자는 바뀌지 않는 것 같았다. 붉은색의 쉐보레 콜로라도(Colorado)를 타고 다니는 키가 작은 중간 관리자는 계속 남아 있는 것 같다. 무언가 이상했다. 생산부 직원에게 물었다. 뭔가 있는 것 같은데, 생산 매니저는 좀처럼 말해주지 않는 것 같고, 생산부 직원들 여러 명에게 질문을 해봤다. 그중 한 명이 제보를 한다.

"용역 회사를 계속 바꿔도 저 사람은 안 바뀝니다." 생산부 직원이 대답한다.

"무슨 소리야? 왜 저 사람이 안 바뀐다는 거야?" 내 책상 옆에 서 있는 생산부 직원에게 되물었다.

"사실 저 사람이 사장인 거예요. 용역 회사를 바꾸자고 하면, 저 사람이 또 다른 자기 부하를 사장으로 앉힌 회사 계약서를 가지고 올 겁니다. 사실 이 동네 용역 회사들은 대부분 저 사람하고 관련되어 있다고 보면 되는 거예요. 저에게 들었다고는 말하지 말아 주세요. 특히 생산 매니저한테 말하시면 안 됩니다." 베트남에 와서 또 충격적인 얘기를 들었다. 이놈의 촌동네가 아주 지긋지긋하다.

"법인장님, 저희도 한국 용역회사 한번 써 보실까요?" 나는 법인장 사무실로 들어가서 생산부 직원에게 들은 얘기를 해주었다.

"한국 용역회사는 비싸지 않을까? 그리고 호치민(Hồ Chí Minh) 시내에서 불러야 되잖아. 이 동네까지 올지 모르겠네." 취지에는 공감하지만, 현실적인 또 다른 조건들을 고려해 보자는 법인장의 말이었다.

"한번 연락은 해보겠습니다. 그리고 혹시 모르니 회사 밖에서 생산 매니저 후보도 면접을 좀 보겠습니다."

“그래. 그건 알아서 해봐.”

다음 번 용역 계약 연장 시즌이 되었을 무렵, 생산 매니저를 불러서 용역 단가 인하를 요청하자고 얘기했다.

“다른 한국 회사들 단가를 조사해 보니까, 조금 더 인하할 수 있는 여지가 있겠어. 이번에 단가 인하를 요청하는 게 좋겠어.” 생산 매니저에게 얘기했다.

“그러면 용역 회사가 계약 연장을 안 할 수도 있습니다. 저희가 다음 주까지 중요한 생산이 있잖아요. 그전까지는 얘기 안 하시는 게 나을 것 같아요.” 생산 매니저는 용역 회사 편을 든다. 내 앞에 앉은 생산 매니저의 손목에는 그전에 안 보이던, 금색 시계가 채워져 있다. 이전에 용역 회사 사장이 차고 있던 시계와 같은 것임을 알아챌 수 있었다.

“시계 좋아 보이네. 새로 산 거야?” 생산 매니저의 시계를 가리키며 말했다.

“아. 네. 싸게 팔아서 하나 샀어요. 비싸지 않아요.” 생산 매니저는 애써 웃으면서 이야기한다.

"그래. 아무튼 용역 사장한테 용역 단가 인하 안 하면 계약 연장 안 하겠다고 전달해."

그리고 다음날, 용역 직원이 모두 출근하지 않았다. 또 생산 매니저도 출근하지 않았고, 전화도 받지 않는다. 총무 매니저에게 보고를 받으며 나는 수첩을 집어던져 버렸다.

"야! 이거 뭐야? 왜 아무도 출근 안 하는 거야?" 나는 소리를 버럭 질렀고, 총무 매니저에게 통역을 하며 내 옆에 서 있던 여자 직원은 깜짝 놀라 눈물을 흘렸다.

"지금 생산 매니저와 용역 사장한테 계속 연락하고 있습니다." 총무 매니저가 대답하며 밖으로 나간다.

오늘 법인장은 외부 출장이라 사무실에 없다. 내가 해결해서 생산을 진행시켜야 한다. 오후에 용역 회사의 사장이 사무실로 들어왔다. 회의실의 내 맞은편에 앉은 용역 사장은 본인의 서명이 된 서류를 나에게 건네며, 계약을 해지하자고 했다. 왠지 거만해 보이는 태도를 보인다. 나는 그 두 장의 서류를 받아서 사인을 한 뒤에 한 장은 그에게 건네고, 나머지 한 장은 내 수첩 사이에 끼워 넣었다.

“정말 계약 해지하는 거죠?” 생산 매니저와 같은 반짝거리는 금색 시계를 찬 용역 사장은 통역 직원을 통해 다소 흥분된 목소리로 나에게 계약 해지 여부를 거듭 확인한다.

“네, 쌍방 간에 합의해서 계약해지한 거니까 이제 나가세요.” 나는 용역 사장에게 당당하게 얘기했다.

용역 사장 표정이 조금 이상해졌다. 그는 나의 통역 직원에게 내 수첩 사이에 있는 서류를 다시 꺼내 달라고 한다. 나는 계약서가 끼워져 있는 수첩을 들고 밖으로 나왔다. 그리고 전화를 걸었다.

“사장님, 이제 내일부터 저희와 일하시면 됩니다. 법인장님한테도 얘기해 놨고, 여기 현지 용역업체와는 정상적으로 계약 종료했어요. 바로 가능하시죠?” 나는 지난 몇 주 동안 연락하던 호치민(Hồ Chí Minh)에 있는 한국 용역 회사 사장에게 전화를 걸었다. 그리고 다음날. 생산 매니저가 출근시간 전부터 사무실에서 날 기다리고 있다고 했다.

“어제는 뭐 했어? 왜 출근 안 한 거야? 용역 회사 파업한다는 건 알고 있었어?" 생산 매니저에게 물었다.

"용역 회사가 파업한다는 건 알고 있었습니다. 그런데 용역 회사 사장이 무서운 사람이거든요. 저보다는 임 부장님이 잘 해결할 것 같아서 일부러 자리를 피해 있었습니다." 생산 매니저가 말도 안 되는 핑곗거리를 찾았나 보다.

"응. 그럼 당신도 이제 회사 나오지 않아도 돼. 저기 사무실에 남자 한 명 앉아 있지? 저 사람이 오늘부터 생산 매니저로 일할 사람이니까 이제 나오지 마." 나는 몇 주 동안 계속 회사 밖에서 생산 매니저 면접을 보고 있었고, 그중에 한 명에게 어제 연락을 했었다. 그는 오늘부터 출근할 수 있다고 대답을 했고, 지금 우리 사무실에 앉아 있다.

우리 회사가 도시에 있었으면, 이런 일이 없었을까? 이후에도 이와 비슷한 사건들은 몇 건 더 있었지만, 그 횟수는 점차 줄어갔다.

뜻밖의 태국여행

“얘네는 뭔 얘기만 하면 ‘컴사오(Không sao)’래. 아주 지겹다, 지겨워.” 법인장이 영업사원과 미팅을 마치고 나오며 나에게 말을 건넨다. ‘컴사오(Không sao)’는 ‘걱정 말아요.’ 혹은 ‘문제없어요.’ 정도로 이해될 수 있는 말인데, 내가 생각해도 베트남 사람들은 이 말을 너무 사랑한다. 한국 사람에게 ‘죽겠다.’가 있으면, 베트남 사람들에게는 ‘컴사오((Không sao)’가 있는 것 같다. 직원들에게 뭔가 지시를 한 뒤 할 수 있겠냐고 물으면, 당연히 대답은 ‘컴사오(Không sao)’다. 하지만 이 대답을 들었다고 실제 결과물이 좋게 나올 거라고 생각하면 오산이다. 왜 안 했냐고, 분명히 된다고 하지 않았냐고 화를 내도, 대답은 ‘컴사오(Không sao)’가 나온다. 다만 이때의 ‘컴사오(Không sao)’는 최대한 공손하게 표정을 지으며 발음을 길게 늘여서 능글맞게 대답한다. '커엄~ 사아오~.' 문제없이 처리할 수 있다는 뜻 같지만, 내가 본 바로는 이미 문제가 생겨버린 경우가 허다하다.

"괜찮다고 하니까, 너무 걱정 마세요." 나도 법인장에게 웃으며 응대했지만, 이놈의 '컴사오(Không sao)' 때문에 나는 예정에도 없던 해외여행을 다녀온 적이 있다. 비자 발급 때문이었다. 처음 베트남에 들어올 때 노동허가증 발급까지 기간이 오래 걸리기에 임시로 3개월 체류용 상용 비자를 발급받아 나왔다. 그리고 첫 3개월이 지나기 전에 노동허가증을 발급받은 후 취업 비자로 갱신할 예정이었다. 총무 매니저 '롱(Long)'도 3개월이면 외부 대행 사무소를 안 끼고 본인이 직접 처리 가능하니 '컴사오(Không sao)'라고 얘기했다. 그리고 시간이 정말 빠르게 흘러서 이제 2주 후면 기존 3개월짜리의 상용 비자 만기가 되는 시점이다. 이쯤이면 내 취업 비자가 다 됐어야 하는데, 아직도 총무 매니저는 나에게 아무런 보고가 없다. 견디다 못해 내가 총무 매니저를 불렀다.

"롱(Long)! 내 비자는 어떻게 되고 있어? 이제 다 됐나?"

"네, 공무원이 도장만 찍어주면 됩니다. 이제 거의 다 됐습니다. 며칠

만 기다려 주세요."

"그래? 근데 이제 시간이 얼마 안 남은 것 같으니까 빨리 해달라고 독촉해 봐."

"컴사오(Không sao)."

그리고 다음날 총무 매니저 롱(Long)이 나에게 찾아왔다. 어제 공무원한테 연락을 했는데, 뭔가 돈을 바라는 눈치라고 한다. 베트남에선 급행료, 즉 뒷돈 문화가 있다고 듣기는 했다. 그래도 이런 사소한 것까지 뒷돈이 필요할 줄은 몰랐다. 얼마나 필요한지 물었더니, 한국 돈으로 약 5만 원에 해당하는 금액이 필요하다고 한다. 크지도 않은 돈인데, 그냥 주고 일단 비자를 빨리 받기로 했다.

"자, 이렇게 하면 됐지? 이제 빨리 마무리 지어줘. 시간이 얼마 안 남았잖아."

"컴사오(Không sao)."

두 달 전에 나온 세무조사는 아직도 한창이다. 다음 주엔 세무서 고위직들과 저녁 식사가 있다. 그날은 내 비자가 만기되기 하루 전인데, '설마

그전에는 비자 발급이 끝나겠지?'

"롱(Long)! 이제 다음 주가 비자 만기인데 어떻게 된 거야?"

"공무원이 돈도 받았으니까. 기한 전에 비자 발급이 안 될 일은 없다고 보시면 됩니다."

"이번엔 믿어도 되는 거야? 확실히 해줘!"

"컴사오(Không sao)."

그리고 비자 만기 이틀 전, 왜 슬픈 예감은 틀린 적이 없는지. 나에게 롱(Long)이 걸어오는 표정을 보자마자 직감할 수 있었다.

"아무래도 내일 외국에 나갔다가 다시 들어와야 할 것 같습니다." 총무 매니저가 슬픈 표정으로 나에게 얘기했다.

"뭐? 내가 계속 물어볼 때마다 '컴사오(Không sao)'라더니, '컴사오(Không sao)'는 무슨 '컴사오(Không sao)'야! 이거 어떡할 거야!! 내일 세무서 고위직이랑 저녁 약속 잡아 놨는데 이거 어떡할 거냐고?" 세무조사 관련해서 중요 결정을 앞두고 고위 공무원들과 약속을 잡은 거라 변경하기도 어려웠다. 갑자기 화가 났다.

"'커엄~ 사아오~.' 안 그래도 좀 전에 다 알아보고 말씀드리는 건데, 내일 방콕행 비행기를 새벽에 타고 나갔다가 점심에 들어오시면 비자 연장할 수 있게 공문 다 만들어 놨습니다. 그렇게 하시면 저녁 약속도 문제없이 참석하실 수 있습니다."

"와~ 아 놔 진짜, '컴사오(Không sao)'라며?" 그렇게 다음날 새벽 나는 방콕행 비행기를 타고, 오후엔 호치민(Hồ Chí Minh)에 다시 돌아왔다. 생애 최초로 방콕에 다녀온 날이었다. 방콕 수완나폼 국제공항에 도착하여 입국심사를 하는데, 출입국 직원이 날 째려본다. 묻지도 않았는데 괜히 찔려서 급한 비즈니스 때문에 잠시 들렀다고 말했다. 무표정하게 도장을 쾅 찍어주기에, 여권을 받아 그 길로 바로 출국을 위한 항공권을 받으러 항공사 카운터로 달려갔다.

방콕을 처음 방문한 소감은 '공항에서 먹은 볶음밥은 이게 어디로 들어가는지 모르게 허겁지겁 먹었고, 이렇게 큰 공항 면세점은 시간이 없어서 들러 보지도 못했다.' 정도? 정녕 이것이 그 말로만 듣던 세계를 누비며 글로벌하게 사는 국제 비즈니스맨의 삶이란 말인가? 그리고 그날 저녁, 결국 롱(Long)의 얘기대로 문제없이 세무서 고위 공무원을 만날 수 있었다.

"야! 너! 롱(Long)! 결국 저녁에 세무서 직원 만날 수 있다는 거, 그거 딱 하나 지켰어."

"제가 컴사오(Không sao)라고 했잖아요."

1919
爲記
hòa nhập

총을 들고 찾아온 거래처 사장님

'아! 이번 달은 매출도 적은데 대금 회수는 또 왜 이렇게 안 되는 거야? 돌아버리겠네.' 이때는 매출이 지독하게 안 되던 시기였다. 종종 베트남 직원들과 경비실 옆 구내식당에서 점심을 먹고 나면, '오늘은 물건 실으러 차가 몇 대나 들어오나?' 경비 옆에 앉아서 세보기도 했다. 또 자금은 얼마나 빡빡한 지, 내가 돈만 많이 있으면 회사에 좀 넣어주고 싶을 정도다. 특히나 이번 달이 어렵다. 얼마 전 끝난 세무조사에서 두들겨 맞은 게 있어서 더 힘든 것 같다. 며칠 동안 베트남 매니저와 자금 계획을 여러 번 돌려보고, 이리저리 궁리를 해봐도 현금 회전에 여유를 찾기 어렵다. '이번 달 대출 만기만 잘 넘기면 다음 달부턴 좀 여유가 있을 것 같은데, 은행에 연락해서 조금만 미뤄달라고 부탁해 볼까? 아니면 한국에 연락을 해볼까? 딱 이번 달만 넘기면 되는데 말이야.' 난 일이 잘 안 풀리면 계속 걷는다. 그렇게 하루 종일 사무실을 왔다 갔다 걷고 있는데, 스태프급의 직원들이 왜 이렇게 돌아다니냐며 심란한 일 있냐고 묻는다. "아니야 그냥 소화가 좀 안 돼서 그래."

그때, 나에게 보고할 게 있다며 매니저 한 명이 찾아왔다. 채권 잔액 문제로 다투던 거래처의 소송에서 우리가 승소했기 때문에 며칠 후면 돈이 들어온다고 한다. 이 정도 금액이면 이달 자금 걱정은 더 이상 안 해도 되겠다. '앗싸! 솟아날 구멍이 다 있다니까.' 총무 매니저 롱(Long)이 미리 연락해서 거래처가 제날짜에 자금을 송금하겠다는 다짐까지 받아 놓았다. '완벽해.'

'근데 뭐지?' 오늘이 그 약속한 날짜인데 거래처와 연락이 되지 않는다. "다시 연락해 볼래?" 롱(Long)에게 또다시 주문했다. 수차례 전화한 끝에 통화하는 소리가 들린다.

"이젠 연락됐어? 뭐래?" 빨리 대답하라는 다급한 표정으로 물었다.

"오늘 은행에 못 가서 미안하다고 내일 꼭 송금한다고 합니다." 롱(Long)이 대답한다.

"뭐야? 낮에는 계속 연락 안 받다가 은행 문 닫으니까 연락이 되네. 이거 좀 이상한데."

"그래서 내일 아침에 Agri Bank에서 만나기로 했어요."

"그래 잘했어. 내일 나도 같이 갈까?"

"아닙니다. 제가 갈게요. 아! 같이 가고 싶으시면 같이 가셔도 됩니다."

"그래, 내일 출근했다가 같이 나가보자."

그리고 다음날, 분명히 지금 이 시간이 맞는데, 은행으로 오지도 않고 연락도 안 되고 있다. 총무 매니저는 내 옆에서 계속 초조하게 또 전화를 돌리는 중이다.

"롱(Long)! 됐고, 그 사람 집 전화번호 알아? 집으로 연락해 봐."

"다른 직원한테 물어봐서 집으로 전화해 보겠습니다."

"아~ 이 놈 이거 뭐냐?" 정말 화가 났다. 장난치고 있는 것 같다는 기분도 들었다.

결국, 집 전화로 연락해서 통화를 하게 되었다. 차가 고장 나서 은행에 못 가고 있다는 말에, 잠시 후 그 거래처 사장의 집에서 만나기로 약속을 잡았다. 우리가 차에 태워서 은행에 데려가줄 계획이다.

'아! 이거 계속 이상한데, 이거 뭔가 이상해.' 이렇게 생각을 하며 차를 타고 시골길을 달리고 있다. 시골의 비포장 흙길을 한참 들어간 끝에 동네 분위기와 어울리지 않는 현대식 2층 단독 주택을 마주했다. '뭐야? 이 사람 완전 부자네. 대문부터 럭셔리한 집이라고 쓰여 있구먼.' 으리으리한 대문을 열고 들어가니 예쁘게 정돈된 두 그루의 조경수가 있는 마당이 나오고, 그 마당을 건너 다섯 개쯤 되는 계단을 오르면 현관문을 지나 바로 응접실이 있다. 이 거래처 사장의 부인인 것 같은 여자가 나와서 짙은 색 나무로 된 긴 소파에 앉으라고 손으로 표시한다.

"앉으시죠." 롱(Long)이 나에게 말을 건넨다.

"응. 이 아저씨 완전 부자네. 나무 소파에 용이 새겨져 있어. 그리고 군인이었나 봐?" 커다란 삼성 TV가 달려있는 벽 위쪽에는 군복을 입은 사진이 크게 걸려있다. 롱(Long)은 응접실에 나를 앉혀 두고 주방 쪽에 있는 사장 부인에게 가서 뭔가 얘기를 하고 있다.

"뭐래?"

"사장이 차 고치러 카센터에 갔다고 합니다."

"뭐? 야, 이거 우릴 완전 호구로 보네."

"어떡할까요?" 총무 매니저가 묻고 있는데, 대답할 말이 생각나지 않았다.

아, 이걸 어떻게 해야 되나? 한국에선 관리 파트에서만 일해봐서 이런 일을 해본 적이 없는데, 베트남 매니저가 지금 나에게 이걸 어떻게 처리할 거냐고 묻고 있다. 여기서 그냥 나가면 정말 호구 되는 것 같고, 무엇보다 이걸 해결해야 이달 자금이 문제없이 돌아간다. 그런데 어쩐담. 난 이런 일을 겪어본 적도, 배워본 적도, 또 누가 하는 걸 본 적도 없는데 말이다. '아니야, 잠깐만, 뭐 본 적이 없다고? 아니, 나 이런 장면 어디서 본 적이 있는 것 같아. 그래, 난 이런 거 본 적이 있어. 본 적이 있는 정도가 아니라 많이 본 것 같아. 한국 드라마에서 많이 봤었잖아.'

'발라당' 난 한국 드라마에서 본 대로 기다란 나무 소파에 진짜 발라당 누워 버렸다.

"롱(Long)! 저 아줌마한테 커피 가져오라고 해!" 난 큰 소리로 얘기했고, 롱(Long)은 의아한 표정을 지으며 날 빤히 바라보고 있었다. 어찌해야 할지 갈피를 못 잡는 것 같다.

“롱(Long)! 가만히 서 있지 말고, 남편 올 때까지 나 안 나가니까 커피 가져오라고 해!!”

“Ah, yes, sir!!” 갑자기 롱(Long)이 군인처럼 대답을 했다.

정말 한국 드라마는 버릴 게 하나도 없다. 난 드라마 어디선가 본 것 같은 그 장면을 그대로 재현해 냈고, 지금 이 앞에 서 있는 아주머니의 반응을 회사에 유리하게 이끌어 내는 데 성공했다. 어디론가 바쁘게 전화를 걸고 있고, 많이 흥분하신 것 같다. ‘아싸! 성공!’ 난 이렇게 생각하고 있었다. 그런데 이렇게 누워서 커피까지 얻어 마시고 시간도 꽤 지난 것 같은데, 아직도 이 거래처 사장이 안 들어온다. ‘아, 이걸 언제까지 기다리고 누워 있어야 되나, 그냥 오늘은 이렇게 임팩트만 주고 가자. 나도 뭔가는 했으니까 안 한 것보단 나을 거야.’

“롱(Long)! 여기 아줌마한테 얘기해서 내일 사장님 보고 꼭 송금하라고 하고, 우린 들어가자.”

“네. 알겠습니다. 좀 전에 여기 사장하고 통화했는데, 내일 돈 찾아서 회사로 오겠다고 하네요.”

“아휴. 난 이제 못 믿겠다. 뭔 다른 방법을 찾아보자고.” 난 소파에서 일어섰다. 일단 오늘은 들어가고, 내일 회사에 가서 생각해 보자. 그리고 다음날, 아침에 출근하자마자 회계팀 매니저가 날 찾아왔다.

"오늘 세무서 들어가시는 거 알고 계시죠?"

"뭐? 아, 아! 알지." 사실은 모르고 있었지만, 알고 있다고 대답했다.

"1시간 후에 출발할 예정입니다."

세무조사가 끝나고 마무리 미팅 후 서류에 사인하기로 한 날이었는데 잊고 있었다. 요즘 신경이 온통 자금에 쏠려 있어서 깜빡한 모양이다. 세무서에 도착하니 오토바이가 주차장에 빼곡히 줄지어 서 있다. 이걸 보니 베트남의 한 세무 공무원이 나에게 해줬던 말이 생각났다. 그 사람은 회사에 조사하러 나갈 땐 친구한테 선물로 받았다고 주장하는 '렉서스(Lexus)'를 타고, 세무서로 출근할 때는 오토바이를 탄다고 했다. 예전 한국 드라마나 영화를 보면 이런 장면이 있었는데, 그때 봤던 그런 장면들이 진짜였겠구나 싶었다. 우리 회사 담당자는 환하게 웃으며 나를 맞는다. 오랫동안 조사받느라 수고하셨다고 오늘 잘 마무리하고 다음에 또 만나자는 얘기를 한다. 나도 애써 웃으며 앞으로 자주 만나자고 얘기해 줬다. 어쨌든 빨리 서류에 서명하고 회사로 돌아가고 싶은 마음이 굴뚝 같다. 그렇게 서로 악수하고 웃으며 세무조사는 공식적으로 종결되었다.

사무실로 돌아오니 직원들이 다들 호들갑이다. 나에게 베트남 말로 뭐라고 하는데 잘 알아들을 수가 없고, 의자에 앉자마자 총무 매니저 롱(Long)이 나에게 들어왔다. 어제 만나려고 했던 그 사장이 회사로 찾아왔었다고 했다.

'진짜? 아무튼 그 놈이 찾아오긴 했네?'

"그게 문제가 아니라, 총을 들고 왔습니다." 롱(Long)이 손으로 총 모양을 만들어 보이며 얘기했다.

"뭐? 총? 진짜 총?"

"네, 허리에 권총을 차고 사무실로 왔었습니다. 안 계시길 잘하셨어요. 죽인다고 사무실을 막 다 돌아다녔습니다." 난 놀라서 아무런 말도 할 수 없었다. 총이라니? 롱(Long)도 아무 말 없이 내 반응을 살핀다.

"아! 잘됐다. 돈 받을 수 있겠어." 불현듯 이게 기회가 될 것 같다는 생각이 들었다.

"네?" 롱(Long)이 놀라는 표정으로 왜 그런지 묻는다.

"베트남은 합법적으로 총기 소유되는 거 아니지? 그리고 우리 회사에는 CCTV 있지? 그거 확인해서 녹화 본 만들고 경찰에 신고하자."

"Ah! yes, sir!"

내가 그날 아침 세무서에 안 갔다고 생각하면 아찔하다. 그렇게 만나기 싫던 세무서 공무원이 내 목숨을 구해 주다니. 물론 그 총이 가짜일 수도 있지만, 어쨌든 회사는 CCTV 자료를 첨부하여 그 사장을 베트남 공안에 신고했고, 조사가 들어가자마자 사장은 채권 잔액을 전부 송금했다.

"미안합니다." 롱(Long)이 나에게 와서 말을 걸었다.

"뭐가 미안해?"

"베트남 사람들에게 실망하셨죠? 베트남엔 나쁜 사람들이 많이 있잖아요."

"아니야, 실망한 거 하나도 없어. 난 그 사람이 베트남 사람이라서 그랬다고 생각 안 해. 그냥 사람이니까 그런 거지. 한국에도 이런 사람들 많이 있어."

"한국도 이런 사람들 있나요?"

"그럼 많지, 한국 영화나 드라마 보면 이런 사람들이 얼마나 많은데."

베트남 사람이라서 특별히 이상한 케이스를 마주했을 것이라고 생각하지는 않는다. 사람 사는 곳에는 여러 종류의 사람들이 있는 것일 뿐. 그냥 그런 사람 앞에 일부러 '베트남'이라는 말을 붙이기는 싫다.

관리직원이 영업하던 날

베트남에 온 지 반년밖에 안 됐는데, 많은 사건들이 있었다. 오자마자 세무조사를 받고, 경쟁사와 소송도 마무리했다. 여러 큰 사건을 짧은 기간 동안 처리하다 보니 베트남에서의 업무에도 빠르게 적응되어 가는 것 같다. 요 며칠 평범하고 일상적인 업무를 진행하고 있었는데, 오늘은 법인장이 함께 거래처를 만나보자고 한다.

우리 회사에 한국인은 나와 법인장 두 명밖에 없다. 영업 출신의 법인장은 외부 영업에 더 많은 업무 비중을 두고 있고, 관리 출신의 나는 법인 내부 관리에 집중하고 있다. 한국에선 워낙 업무가 세분화되어 있어서 본인 업무만 잘하면 됐고, 그만큼 회사 전체 업무를 파악하기에는 한계가 있었는데, 오늘 법인장이 함께 영업을 나가보자고 하니까 좋은 기회가 될 거란 생각이 들었다. '그래, 회사에 둘 밖에 없는데, 나도 전반적인 일을 다 경험하는 게 좋겠지. 여기 베트남이 아니면 언제 영업 현장을 나가볼 수 있겠어?' 우리 회사의 영업 지역은 베트남의 시골이다. 시골로 들어가야 거래처를 만날 수 있다. 베트남 시골길은 전에도 몇 번 다녀 보긴 했지만, 오늘 가는 이 길은 또 적응이 안 된다. 회사에서 자동차로 약 2시간을 달려서 만난 비포장길을 30분 정도 더 달린 뒤 우릴 기다리던 영업사원들과 인사할 수 있었다. "신 짜오!(안녕하세요!)" 영업사원들과 서로 반갑게 인사한 뒤 그들이 타고 온 오토바이로 갈아탔다. 영업사원이 운전하는 오토바이 뒷자리에 앉아서 좁은 시골길을 더 들어간다.

▶ 베트남 시골길을 달리는 오토바이

이 좁은 길을 어찌나 빨리 달리는지 난 뒤로 넘어지지 않으려고 한 손으론 영업사원 허리를 붙잡고 있고 나머지 한 손은 오토바이 뒤쪽 짐을 싣는 은색 금속 부분을 꼭 잡고 있다. 중간 중간 바나나 나무 이파리가 내 얼굴을 스쳐가고 난 이걸 피하느라 머리를 이리저리 돌리며 10분가량 앉아 있어야 했다. 그래도 오토바이가 빨리 달려서 40도에 가까운 더위를 조금이나마 식힐 수 있었다.

드디어 도착. 내가 입사한 뒤 처음으로 우리 회사의 최종 거래처에 찾아온 날이다. 좁은 길 오른편에 있는 작은 철문으로 들어가서 오토바이를 세우자 40대 중반 정도로 보이는 베트남 부부가 반갑게 우릴 맞이한다. 법인장 말로는 이 지역에서 우리 제품을 홍보해 줄 수 있는 중간 사이즈의 거래처라고 한다. 남편은 어느 베트남 농약회사 마크가 새겨진 푸른색 반팔 폴로셔츠를 입고 있는데 목이 다 늘어나서 안에 입은 하얀 러닝이 훤하게 보인다. 법인장과 악수를 한 뒤, 내게도 거칠게 갈라진 시커먼 손을 내밀며 웃으면서 악수를 건넨다. 집 마당에 있는 시멘트로 만든 테이블에 앉아 회사에서 준비한 선물을 꺼냈다. 사장은 우선 차 한잔 하라면서 테이블 위에 있는 주전자를 들어보더니 물이 없다고 부인에게 주전자를 흔들어댄다.

"아… 법인장님, 이 주전자로 차 따라 주는 거예요?" 너무 더러워 보이는 이 주전자 주둥이와 그냥 야외에 며칠째 계속 놓여 있던 것 같은 이 소주잔처럼 생긴 찻잔, 그리고 법인장의 얼굴을 번갈아 바라보며 물었다.

▶ 거래처의 주둥이가 시꺼먼 주전자와 찻잔

"어, 맞아. 베트남은 집집마다 다 이렇게 차를 따라주더라고." 법인장은 아무것도 아니란 표정으로 대답한다.

"아니, 그게 아니라 너무 더럽… 저 주전자 입구가 새까맣게 돼 있어요."

“하하하, 그렇지? 저 찻잔도 그래.” 어쩌면 쌤통이라는 표정을 지으며 나에게 얘기하는 것같이 느껴진다. 이렇게 법인장과 얘기하는 사이, 부인이 빨간색 보온병에다 김이 펄펄 나는 뜨거운 물을 담아왔다. 남편인 거래처 사장은 그 물을 주전자에 넣으려고 뚜껑을 열었다. 내부에는 검붉은 빛깔의 녹차 잎과 퉁퉁 불은 작은 나뭇가지들이 거의 입구까지 가득 채워져 있다. 며칠째 안 버리고 우려내고 있는 것 같단 생각이 들었다. 아마 개미도 몇 마리는 빠져 있을지 모른다. 거래처 사장은 꼬질꼬질한 플라스틱 소쿠리 위에 거꾸로 엎어져 있는, 물때가 낀 유리 찻잔을 집어 들었다. 꼭 소주잔처럼 생긴 찻잔 바닥에 뜨거운 차를 조금 따르더니 한 바퀴 휙 돌리고 나서 바닥에 뜨거운 차를 버린다. 그리곤 다시 차를 가득 따라서 나에게 건네며 “드시죠.”라고 말한다.

“아, 네. 감사합니다.”라고 대답하는 순간, 옆에 서 있던 통역 직원이 날씨도 더운데 시원한 거 마시라며 355ml짜리 푸른 플라스틱 생수병을 건넨다. 아마 내 표정이 좀 안 좋아 보였나 보다. 거래처 사장이 주는 차를 마시지 않아도 되니까 이 생수를 마시라고 작게 얘기한다. ‘이게 무슨 일인가? 이 사람들이 나에게 왜 이러지?’ 짧은 시간 동안 몇 가지 생각이 머릿속을 지나갔다. ‘그래, 난 오늘 그냥 영업 거래처 구경하러 한번 나온 것뿐이야. 내 원래 업무는 아니잖아? 앞으로 또 나올 일은 없을 거야.' 라는 생각이 한번 지나가고, 그 생각과 동시에 '아니, 해외에서는 이런 저런 일을 다 해봐야지. 영업도 해 보고 싶어 했잖아. 이 정도면 쉬운 거 아니야?'라는 생각도 지나갔다. '아! 이게 뭐라고. 영화 매트릭스에서 빨간 약, 파란 약 고르는 것 같은 느낌이 나지?'

"고마워." 통역에게 얘기했다.

"이건 이따 차에서 마실게." 그리고 거래처 사장이 주는 뜨겁고 씁쓸한 차를 물때와 함께 한입에 원샷해버렸다. 그 후 짧은 시간 동안 더 이야기를 나누고 다음에 또 찾아오겠다며 서로 인사를 나눴다. 직장생활에서의 첫 영업 현장 체험을 한 뿌듯한 날이었다. 오토바이를 타고 출발하기 전, 다시 인사를 하려고 뒤를 돌아보았다. 베트남 사장은 우리가 마셨던 투명한 찻잔에 남은 차를 땅에 휙 버리고나서 다시 플라스틱 소쿠리에 뒤집어 놓았다. 이렇게 이날, 난 영업에 처음으로 발을 담그게 됐다. 그리고 이후로 빠져나올 수 없게 되었다.

베트남 귀신은 한국어를 모른다

"퇴근 안 하세요?" 퇴근시간 무렵 회계팀의 한 베트남 여자 직원이 나에게 와서 말을 건넨다.

"아! 나는 아직 일이 남았어. 조금 더 일하고 퇴근할 테니까 먼저 들어가."

우리 회사는 베트남 시골 지역에 위치해 있어서, 주로 도심지에 사는 관리 부서의 직원들은 통근버스를 타고 출퇴근을 한다. 그래서 모두 같은 시간에 출근하고 같은 시간에 업무를 마쳐야 한다. 그러지 않고 단독으로 출근하거나 퇴근하기에는 이용할 교통수단이 마땅치 않다. 그 거리에 해당하는 편도 택시비는 베트남 일반 스태프급 직원 월급의 10분의 1

이 넘으니 거의 불가능한 경우라고 생각되고, 본인이 직접 오토바이를 운전해서 오고 가기에도 만만치 않은 거리이다. 나는 별도로 내 업무용 차량이 있기 때문에 단독으로 움직일 수 있다. 그래서 베트남 직원들에 비해 출퇴근이 자유롭고, 또 오늘은 한국으로 보내야 하는 보고서가 아직 끝나지 않아서 야근을 하려고 준비 중이다.

"사무실에 혼자 있으면 귀신 나와요. 일찍 들어가세요." 회계팀의 여자 직원은 장난스럽게 얼굴을 찡그리며 무섭다는 표정을 지으면서 나에게 다시 말을 한다.

"정말?" 나도 장난스러운 말투로 대꾸를 해줬다.

"네. 저번에도 말씀드렸잖아요. 2층 서고에서 여자 귀신이 노래 부르고 있었다고. 무서워요."

"그래? 근데 귀신이 왜 노래를 하고 있지?"

"몰라요. 웬 여자 귀신이 아오자이를 입고 창가에서 노래를 부르다가 사람이 다가오면 화내고 소리친대요."

"신기하네. 아무튼 나는 베트남 말 잘 못 알아들으니까 귀신이 화내다가 답답해서 그냥 가지 않을까?"

"하… 진짜예요. 여기 귀신 많아요."

"하하. 알았어. 나도 늦기 전에 일 마치고 퇴근할 테니까 내일 봅시다."

그렇게 사무실에 혼자 남아 있는데, 왠지 오싹하다. 창밖은 이미 깜깜하다. 개구리 소리, 풀벌레 소리 사이로 산업단지 외곽을 달리는 자동차 경적 소리만 이따금 들리는 정도다. 우리 공장 근처에는 베트남 전쟁 참전 군인들을 위한 공동묘지가 있는데, 이 묘지 때문에 직원들이 더 귀신 얘기를 자주 하는 것 같다. 그쪽 방향 창문으로 다가가서 블라인드를 위로 걷어 올렸다. 공장 정문의 경비실 창문에선 불빛이 새어 나오고 있고, 날이 더운지 푸른색 경비복의 단추를 다 풀어헤쳐서 뱃살이 훤히 보이는 경비 한 명이 경비실 밖으로 의자를 끌고 나와 앉아서 핸드폰을 보고 있다.

얼마 전에 생산부의 공무팀장에게 들었던 귀신 얘기가 다시 생각났다. 공무팀장이 야간 근무가 있던 날에 구내식당에서 저녁식사를 좀 빠르게 마치고 미리 작업 준비를 하려고 공장 안으로 들어갔는데, 자기보다 먼저 밥을 먹고 벌써 일하고 있는 직원이 있었다고 했다. '누가 이렇게 빨리 들어왔지?' 하고 다가갔는데, 우리 직원이 아니라 웬 귀신이 앉아서 우리 작업도구를 만지작거리고 있어서, 혼비백산해서 공장 밖으로 뛰쳐나왔다고 한다. 아마 군복을 입고 있었던 것 같다고 했다. 그래서 이 근처에 있는 공동묘지와 연관이 있는 것은 아닐까 하는 의심을 전해주었다.

"우와. 말이 돼? 진짜 군인 귀신이 있었다면, 우리 직원들이 하도 일을 안 하니까 좀 도와주려고 했나 보네. 일 좀 열심히 해봐." 나는 이 얘기를 듣고 웃으며 이렇게 대꾸해줬다. 그 공무팀장이 나에게 말하려는 요지는 귀신이 공장을 해코지할 수 있으니, 제사를 지내야 한다는 얘기였다. 그래서 제사 지낼 돈이 필요하니 회사에서 지원해달라는 부탁을 하려고 말을 꺼낸 것이었다. 별도로 회사에서 지원해주지 않겠다고 대답해줬다. 요즘이 어떤 세상인데 귀신한테 제사를 지내느냐고 했다. 그리고 이렇게 하다 보면, 회사에서 무슨 일이 생길 때마다 다 귀신 탓을 하면서 제대로 된 원인을 찾지 않으려고 하진 않을까 하는 걱정도 함께 있었다. 그리고 다음날 회사에 출근했는데, 회사 공터에서 제사 지낸 흔적이 남아 있었다. 아마도 직원들 몇 명이 자체적으로 새벽에 몰래 제사를 지낸 것 같긴 한데, 그냥 모른척하며 넘어갔던 적이 있었다.

아까 귀신 조심하라며 퇴근하던 직원 때문에 갑자기 얼마 전에 들었던 공무팀장 얘기도 생각나고, 경비실을 지나 희미하게 보이는 공동묘지도 떠올라서 분위기가 더 오싹하다. 그런데 한국에 보낼 보고서가 끝나질 않는다. 생각만큼 빨리 일이 진행되지는 않고 괜히 더 피곤한 것만 같다. 물 한잔 마시고 화장실을 가려고 했는데, 직원들이 사무실 밖에 있는 복도의 불을 다 끄고 퇴근했다. '아! 이건 왜 또 다 끄고 갔어.' 마흔 살이 넘었는데도 이럴 땐 아직도 무섭다. 깜깜하긴 한데, 불을 켜자니 스위치는 또 화장실 반대 방향 복도에 있어서 가기가 귀찮기도 하고, 왠지 내가 지는 느낌이라 그냥 화장실로 후딱 걸어가기로 했다.

그렇게 어두컴컴한 복도 끝의 왼편에 있는 남자화장실로 90도 턴하며 딱 들어갔는데, "헉!" 하고 소리를 질렀다. 엄청 크게 소리를 지른 건 아니고, 깜짝 놀란 숨소리가 입 밖으로 나온 정도였다. 불이 꺼져 있는 어두운 화장실 안에는 내 운전기사가 휴대폰을 켠 채로 소변기 앞에 서 있었다. 나는 귀신을 본 줄 알았다. 깜짝 놀라서 아직 내 심장이 쿵쾅거리고 있었고, 그도 놀란 나를 보고 같이 놀라서 핸드폰을 떨어뜨릴 뻔했다.

베트남엔 귀신 얘기가 많다. 직원들은 아직도 종종 회사에 있는 귀신 얘기를 한다. 어쩔 땐 집에서 귀신을 봤다는 얘기를 하기도 하고, 이 건물을 지을 때 땅을 팠더니 전쟁 때 죽은 시체가 무더기로 나왔다느니, 이 공장터가 원래 공동묘지였다느니, 이런 종류의 얘기를 많이 하곤 한다. 나도 예전에 이런 얘기를 많이 들었다. 우리 학교가 원래 공동묘지였다는 얘기는 초중고를 다니는 내내 들었던 것 같고, 6 · 25 때 이 지역에서 전사자가 많이 나와서 우리 부대에 귀신이 많다는 얘기를 새벽에 보초 서며 군대 선임에게 듣기도 했다. 베트남은 1975년까지 베트남 전쟁을 치렀다. 그리고 아직까지도 그 당시를 이야기해야 하는 사람들의 필요로 인해 귀신의 모습으로 이승에 남아 있는 건 아닐까 하는 생각을 한다.

어릴 적에 많이 들었던 귀신 이야기는 무섭지만 재밌었다. 학교 앞 서점과 문방구에서 파는 무서운 이야기 책은 집집마다 하나씩 있던 필수 아이템이었고, 친구들이 집에 놀러 오면 서로 알고 있는 귀신 이야기를 돌아가면서 하기도 했었다. 요즘도 이런 귀신 이야기가 인기 있는지 모르겠지만, 아마도 내 생각엔 요즘 한국의 어린 학생들 사이에서 무섭고 재밌는 이야기는 6 · 25 때 죽은 군인이나 처녀 귀신이 아니라 좀비나 괴물 이야기가 아닐까 싶다.

3장

베트남과 한 걸음 더 가까워지기

GALLERY
HOSTEL
HOTEL 97
DENTAL CLINIC
GALLERY
Capital
LAUNDRY
McDonald's

VN PEARL
94
HOTEL
124
Saigon
HOTEL
96 HOTEL
65 HOTEL

법인장이 퇴사하면 어떡하지?

아침에 출근하며 사무실 책상에 가방을 내려놓고 있는데, 법인장이 나를 자기 방으로 부른다. 보통은 내가 빨리 출근했는데, 오늘은 법인장이 더 일찍 나와 있다. 바로 법인장실로 들어갔더니, 손님 접대용 테이블에 앉으라고 하며 본인은 책상에 앉아 계속 노트북 모니터를 들여다본다. 잠시간 더 뜸을 들이더니, 법인장은 프린터 위에 엎어져 있는 종이를 한 장 집어 들어 서명을 하고 나서 내가 앉아 있는 테이블로 걸어왔다.

"어젠 잘 주무셨어요?" 분위기를 바꿔보려 법인장에게 먼저 말을 꺼냈다.

"음, 어떻게 얘기해야 할지 모르겠네." 이상하게 법인장이 심각하다.

뭔가 중요한 말을 할 것 같단 생각이 들었다.

"무슨 일 있으세요?"

"어. 일단 이것 좀 스캔해서 파일로 보내줄래?" 법인장은 조금 전 서명한 종이를 나에게 건넨다. 글씨가 빽빽한 종이 한 장을 받아 들고 법인장실에서 나와 복합기로 걸어갔다. 걸으면서 서류의 내용을 슬쩍 보니, 영어로 뭔가 잔뜩 쓰여 있다. '아니 이게 뭐 야? 어? 어!' 눈이 휘둥그레졌다. 입사 승낙서였다. 서류 하단의 승낙자 부분에 법인장 이름이 쓰여 있고 서명되어 있다. 빠르게 스캔을 한 뒤 후다닥 법인장실로 다시 들어갔다.

"법인장님, 이게 뭐예요?" 다급한 목소리로 법인장에게 물었다.

"어… 그 서류 봤지? 조금 전 한국 본사에는 통보했는데, 그렇게 됐어."

"아니, 그러니까 법인장님 지금 퇴직하시는 거예요? 그쪽 회사에 조인하는 날이 얼마 안 남았던데, 맞아요?"

"그래, 사실 그게 좀 미안하게 됐어. 봐서 알겠지만, 그쪽도 사정이 있다고 해서 말이야."

서류의 내용을 읽어보니, 동종업계의 다른 외국 회사 법인장으로 이직하는 것이었는데, 이직하는 날짜를 반드시 지켜야 하는 것이 최우선 조건이라고 적혀 있었다. 내 입장에선 너무 갑작스러운 일이었다. 최근에 나에게 이런 내색 한 번 없었는데, 바로 몇 주 후에 퇴사한다고 하니 어떻게 해야 할지 모르겠다. 아무튼 법인장은 이따 식사하러 일찍 나가서 더 얘기를 하자고 한다.

법인장실에서 나와 한국 본사의 인사부서에 연락을 했다. 본사도 이미 대표 이사를 통해 이 사실이 알려지며 발칵 뒤집힌 후였다. 내부에서도 법인장으로 지원하고자 하는 사람을 구하기 어려울 뿐 아니라, 회사가 이런 갑작스러운 사태를 대비해 외부에서 생각해 둔 후보자도 없었기 때문이었다. 아무리 베트남 법인이 작다고는 해도 현지 직원이 100명 이상 있는데, 당분간 한국인 관리자는 베트남에 들어온 지 1년이 조금 넘은 나 혼자만 남게 되었다. 며칠 후 한국에서 연락이 왔다. 새로운 법인장을 알아보는 중이니 확정되면 바로 보낼 예정이라고 한다. 그래도 법인에 공백이 생기면 안 되니까, 서류상 대표자 등기를 내 이름으로 해 두고 있으라는 지시가 함께 있었다.

법인장이 퇴직을 통보하고 난 뒤, 약 열흘간 업무 인수인계 작업을 했다. 시간이 얼마 없었기 때문에 일단은 내가 모든 업무를 인수받은 후, 새로운 법인장에게 다시 넘겨주는 방식으로 업무를 진행하기로 했다. 이렇게 인수인계가 끝나고 법인장이 한국으로 돌아가기 전날, 베트남의 직원들과 함께 송별회를 했다. 오랫동안 함께했던 회사의 직원들은 선물과 안부를 건넸고 또 누구는 눈물을 흘리기도 했다. 헤어지기 아쉬워하는 몇몇의 직원과는 시내 한 호텔의 루프탑에서 밴드의 음악을 들으며 늦게까지 이야기를 나눴다.

송별회 다음날 아침, 호치민 떤선녓(Tân Sơn Nhất) 국제공항에서 한국으로 귀국하는 법인장을 배웅해 주었다. 그리고 회사로 돌아오는 길에 법인장의 운전기사가 나에게 말을 건넨다. 법인장이 그만두었으니, 본인도 회사를 그만두어야 할 것 같다고 한다. 어차피 새로운 법인장이 올 거니까 조금만 기다리고 있으라고 했다. 그리고 회사에 도착했더니, 이번엔 법인장과 함께 출장 다니며 통역을 했던 직원도 그만두겠다고 날 찾아왔다.

'아니, 왜 다들 그만둔다고 난리인지?' 선뜻 이해가 되지 않았다. 여러 차례의 만류에도 결국 그 직원 두 명은 모두 회사를 그만뒀다. 그리고 이를 시작으로 몇 명의 직원이 추가로 회사를 그만두겠다는 통보를 했고, 영업 사원들도 현장에서 혼란스러워하고 있다는 보고가 들어왔다. 거래처에서도 회사의 정책이 변하는 것은 아닌지 확인해 달라는 요청이 온다. 직원들은 자신의 미래와 관련 있기 때문에 회사의 변화에 민감하게 반응한다. 특히 베트남은 일자리가 많은 나라여서 더 쉽게 움직이는 것 같다. 거래처도 본인들의 돈과 연관되어 있다 보니, 법인장이 퇴사한 지금의 상태를 예의 주시하고 있다. 베트남 현지에서는 법인장의 부재에 따른 반응이 이렇게 구체화되고 있는데, 아직 한국에선 구체적인 후속 조치가 없는 상황이다. 일단 매니저들을 불러서 더 이상 직원들이 동요하지 않도록 단속하라는 얘기를 한 뒤, 전체 직원을 대상으로 법인장 대행으로서 발표문을 공지했다. 또 영업 회의를 소집해서 거래처에 대한 회사의 정책 변화는 없다는 입장도 전달해 둔 상태이다.

그러고 나서 한국에 다시 연락을 했다. 도대체 언제 법인장을 보내줄 건지 알려달라고 했다. 대답은 길게 하고 있지만, 종합해 보니 결국 본사에서 보내주겠다는 법인장은 아직 확정되지 않은 것 같다. 전화를 끊고 나서 공장을 한 바퀴 걸었다. 여러 생각이 복잡하기만 하다. 사무실로 들어가려다 다시 두세 바퀴 정도를 더 걸었다. 그리고 사무실에 들어와 자리에 앉았다. 이렇게 가만히 앉아서 본사 처분만 기다려서는 안 될 것 같단 생각이 들었다.

"롱(Long)!" 총무 매니저를 불렀다.

"네." 롱(Long)이 내 방으로 들어왔다.

"이번 주 금요일부터 일요일까지, 2박 3일간 출장 계획 좀 잡아줄래?"

"거래처 만나 보시려고요? 누구와 같이 가시나요?"

"응. 거래처 만나서 얘기를 해봐야 되겠어. 너와 같이 가려고." 기존 통역은 이미 퇴사했고, 그나마 총무 매니저가 남자라서 함께 며칠씩 출장 다니기 부담스럽지 않았다.

"저요? 저는 영업 거래처를 만나본 적이 없는데요.

"내가 이전 법인장하고 같이 만나본 적이 있어. 아무튼 지금 영업사원들에게 다 연락 돌려놔. 큰 거래처 순서로 미팅 스케줄 잡아 두라고 해줘."

우리 거래처는 한두 곳만 있는 것이 아니기에 한 번의 출장으로 모든 거래처를 만날 수는 없었고, 이런 식으로 일주일에 한 번씩 수개월간 긴 주말 출장을 다녀야 했다. 그리고 이제 베트남에 나온 지 더 많은 시간이 지났다. 처음 베트남에 나올 때 관리 담당 부서장으로서 경력을 쌓아보고 싶은 생각에 3년 정도 여기에 있을 계획이었다. 하지만 이때의 출장을 계기로 베트남 법인의 법인장이 되었고, 처음 계획과는 다른 커리어를 쌓고 있다.

해외에서 직장 생활을 하면서 한국에서보다 더 많은 우연과 불확실을 경험하는 것 같다. 그리고 다시 한번 깨닫게 된다. '인생은 내가 계획한 대로 살아지지 않는다'는 것을. 그럼에도 나는 또 계획을 세우고 있다. 우리는 늘 어그러질 계획을 세우고 있는지도 모르겠다.

면접자가 물었다
"소개팅하실래요?"

지난 몇 주 동안 총무 매니저 롱(Long)과 주말마다 출장을 다녔다. 나야 그렇다고 해도, 총무 매니저는 주말에 쉬지도 못하고 무슨 고생인가 싶다. 빨리 통역 직원을 뽑아야 되겠다고 생각을 하고 채용 공고를 올려 뒀는데, 이제 제법 여럿의 지원자가 생겼다고 한다. 함께 며칠씩 출장 다닐 직원이 필요한데, 가급적이면 ①남자일 것, ②한국어를 할 것. 이 두 가지가 우선 조건이다. 그리고 그것이 안 되면 ③영어를 할 것, 마지막이 ④여자일 것이라고 일러두었다. 총무팀에서 가져온 지원자 명단을 보니, 90%가 여자고, 80%는 영어를 한다고 돼 있다. 뭐 어쨌든 면접을 보고 나서 생각을 해봐야 할 것 같다.

일단 한국어를 한다고 하는 사람, 또 남자인 경우에는 다 면접을 보러 오라고 연락을 돌렸다. 전체 10명을 추려서 면접을 보기로 했는데, 보통 면접을 보러 다 오지는 않는다. 이번에도 면접 당일에 온 사람은 5명뿐이다. 남자는 1명이고, 한국어를 하는 사람은 이 남자를 포함한 2명밖에 없다. 일단, 한국어를 할 수 있는 남자 면접자와 첫 대면을 했다. 이력서에 쓰여 있기를 호치민(Hồ Chí Minh)의 작은 한국어 학원에서 강사로 근무한 경력이 있다고 한다.

"안녕하세요." 한국어로 물었다.

"안녀하시효." 발음이 좀 이상하지만, 뭐 알아들을 수 있다.

"자기소개 먼저 해볼래요?"

"자기?"

"자기소개. 몰라요? Please introduce yourself."

"아! 자기소키 아라요. 나는 부모님이란… 부모님콰 사… 살코 있는데…." 머리를 긁적이며 더듬대고 있다.

'우와~ 이건 뭔 자신감으로 통역 직원 면접 보러 온 거지? 한국어 강사했던 거 맞나?' 아무래도 검증 안 된다고 그냥 써 놓기만 한 것 같다는 생각이 들었다. 아무리 좋게 평가를 해보려고 해도, 내가 베트남어를 반년 정도 배우면 이 친구가 지금 하는 한국어보단 잘할 수 있을 것 같다는 생각이 든다.

또 다른 한국어를 할 수 있는 여자 지원자는 원하는 급여가 너무 많다. 이 급여면 매니저급 1.5명을 뽑을 수 있는 금액인데, 이 면접자는 이제 사회경력이 1년 정도밖에 되지 않은 사람이다. 한국어를 할 수 있는 사람 중에선 뽑기 어려워 보인다.

이어서 영어로 지원한 2명의 여자 면접자와 인터뷰를 했다. 오히려 영어를 하는 사람들은 실력이나 원하는 급여가 합리적인 수준이다. 하지만 회사와 집까지의 거리가 너무 멀어서 주저하고 있거나, 출장을 매주 나갈 거라고는 생각하지 않은 사람들이다. 이제 마지막 5번째 면접자다. 원래 오기로 했던 시간보다 늦게 회사에 도착해서 면접 순서도 앞쪽이었는데, 맨 뒤로 밀렸다. 한국 같았으면 면접을 보지도 않았을 텐데, 워낙 사람 뽑는 게 급하다 보니 바로 내 방으로 들어오라고 했다. 호주 회사에서 통역 직원으로 근무하고 있는데, 본인 집에서 우리 회사가 더 가까워서 지원하게 되었다고 설명하고 있다. 영어 실력은 오늘 면접 본 사람 중에 가장 좋은데 면접 보는 태도가, 뭐랄까 너무 편한 자세로 면접을 보고 있다. 다리를 꼬고 앉아 있는 건 뭐 그러려니 하겠는데, 자기소개 하는 중에 손가락으로 V 모양을 만들어서 접었다 폈다도 하고 또 슬쩍 윙크를 하는 것도 본 것 같다. 아무래도 오늘 본 사람 중에서는 뽑기 힘들 것 같다. 아무튼 면접 참석해 줘서 고맙다고 하고, 나가도 된다고 했다.

"질문 하나 해도 되나요?" 면접자가 나에게 말을 건넸다.

"네, 어떤 게 궁금하시죠?"

"베트남 여자 친구 있으세요?"

"네? 뭐라고요?"

"제 친구가 한국인 남자 친구를 만나고 싶어 하는데, 소개해 드리려고요." 깜짝 놀랐다. 문화 차이인가? 하는 생각이 잠깐 들었지만, 그럴 리가 없다. 내 옆에 앉아 있는 베트남인 총무 매니저도 어이없단 표정인 걸 봤기 때문이다. 총무팀에서 나중에 채용 여부 안내할 거라고 얘기하고 나가도 좋다고 했다. 나가면서도 웃으며 한마디 하고 나간다. "혹시 채용 안 되더라도, 식사 한번 하게 연락 주세요." 총무 매니저 롱(Long)한테 다시 한번 확인했다. 베트남에선 이런 상황이 일반적인 경우인지. 매우 이상한 경우라고 대답한다. 다행이다. 이런 경우가 여기서도 이상한 거라고 대답해 줘서.

코로나 이전의 베트남 실업률은 한국의 절반보다도 낮은 1%대 수준을 보이던 나라다. 특히 외국어를 할 수 있으면 원하는 연봉을 받으며 이직할 수 있는 확률이 높아지기 때문에, 가끔은 이렇게 면접을 가볍게 생각하고 오는 사람들도 있다. 내가 입사를 위해 면접 보던 때가 생각난다. 이력서를 넣고 서류 합격할 때까지 거의 매일 기도하며 잠들었다. 면접 당일에는 새벽부터 일어나 그렇게 연습했던 면접 예상 질문을 읽고 또 읽으면서 외우길 반복했고, 면접 시간 전에 회사에 도착해서 청심환을 먹고 면접장에 들어갔던 기억이 있다.

물론 베트남에서도 진지하게 면접에 참석하는 사람이 다수이지만, 이렇게 소개팅을 하자는 면접자가 나올 수도 있다. 한국에선 이런 면접자를 만날 수 있는 확률이 '0'이겠지만, 취업이 잘되는 베트남에선 아마도 매우 드물게 만날 수도 있겠다.

베트남 저녁식사에 초대되다

법인장이 퇴사한 뒤 처음 잡은 고객들과 미팅 스케줄이 너무 타이트하다. 총무 매니저 롱(Long)은 영업 거래처 방문이 처음이어서 말도 안 되는 숫자의 거래처와 약속을 잡아 두었다. 지금 생각하면 하루에 3곳을 만나는 것도 힘든 스케줄인데, 이날 하루에 8개의 거래처와 약속을 잡아 두었다. 베트남 시골에 있는 거래처들인 데다가 거래처 간의 거리도 있는 편이어서, 오전에 3개의 거래처를 만나고 나서 점심식사를 하며 스케줄을 조정하자고 했다. 결국 3곳은 다음에 다시 약속을 잡기로 했고, 다음 날의 스케줄도 재조정을 했다. 이날 저녁은 이 지역에서 가장 큰 대리점 사장과 식사를 하기로 했는데, 원래 약속했던 시간보다 이미 1시간 정도 지체된 상황이다.

최대한 늦지 않게 도착하려고 베트남 시골의 비포장길을 덜커덩거리며 빠르게 달렸다. 이렇게 흙먼지를 날리며 도착한 곳에서 만난 인상 좋게 생긴 중년의 대리점 사장님은, 날 만나자마자 집 마당에 식사를 준비해 놨으니 식사하면서 사업 얘기를 하자고 한다. 대리점 사장의 안내로 걸어 들어간 집 앞마당에는 저녁식사가 준비되어 있었고, 이미 몇 명이 앉아 있다. 사장의 부인, 대리점에서 일하는 종업원, 그리고 이 동네의 한 은행 지점장과 이 동네에서 제일 큰 헬스장 사장이라고 소개를 한다.

"은행 지점장하고 헬스장 사장은 왜 여기에 있는 거야?" 총무 매니저에게 물었다.

"아마 외국 손님이 온다고 해서 친한 친구들을 불렀을 겁니다."

"아… 그래." 베트남 시골에서 매일같이 심심하게 지내다가 외국 사람이 찾아온다니까 그럴 수도 있을 것 같다는 생각이 들었다. 대리점이 차려 놓은 야외 테이블에는 여러 음식이 있는데, 그중 가운데 놓여 있는 닭백숙이 가장 눈에 띈다. 닭 머리랑 닭발까지 그대로 올라와 있고, 염통을 비롯한 내장들도 함께 놓여 있다. '아, 좀 충격인데.' 그래도 충격 안 받은 것처럼 맛있어 보인다고 말하면서 앉았다. 다행히 그 옆에 생선 튀김은 맛있어 보인다. 또 양념된 소고기 요리도 있다.

나에게 사람들을 소개해주고 나서 대리점 사장은 어딘가로 시끄럽게 전화를 걸고 있다. 총무 매니저가 옆에서 통역을 해주는데, 대리점 사장은 지금 어떤 사람에게 전화를 걸어 맥주를 더 시키고 있다고 한다. 또 노래방 기계도 배달해 달라고 얘기 중이라고 말했다.

▶ 거래처가 준비한 닭백숙과 물고기 튀김과 소고기 구이

"뭐? 맥주 많은데 또 시켜? 그리고 노래방 기계가 배달이 돼?"

"하하하. 그럼요." 총무 매니저가 날 보며 웃는다. 자리에 앉으니 대리점 사장 부인이 닭 머리를 먹어보라고 손으로 집어 나에게 건네주었다. '뜨악' 난 가슴살을 더 좋아한다고 하면서 거절했다. 생각하기 전에 이미 말이 먼저 나간, 본능적으로 한 거절이었다. 그리고 가슴살을 집어 씹어봤는데, 엄청 질기다. 나중에 들은 얘긴데, 베트남은 오래 키운 토종닭을 좋아한다고 한다. 질긴 맛으로 먹어야 제 맛이라고. 그래서 이날 이후 또 다른 거래처에서는 키운 지 3년 됐다면서 날 위해 특별히 잡았다는 닭을 대접해 준 적도 있다. 그 닭은 거의 탱탱볼 수준으로 뜯어지지가 않았다. 아무튼 이렇게 오래 키운 이유 때문인지 테이블에 놓여 있는 닭이 더 커 보인다. 닭발을 보면 거의 인간과 악수도 가능해 보이는 정도의 크기다.

닭 가슴살을 뜯으면서 앉아 계신 분들과 이야기를 나눴다. 은행 지점장은 점잖게 하얀 와이셔츠를 입고 있는데, 본인이 이 동네에서 제일 큰 은행의 지점장이니까 대출이 필요하면 얘기하라고 한다. 내가 굳이 이 시골까지 와서 대출받을 일이 있을까 싶지만, 감사하다고 대답했다. 사장 부인은 요가 하러 헬스장에 매일 간다고 한다. 그래서 동네서 제일 친한 사람이 옆에 앉은 헬스장의 여자 사장님이라며, 나에게 헬스장 사장님과 악수 한 번 더 하라고 요청을 한다. 다시 한번 더 악수를 나눈 헬스장의 여자 사장님은 거의 가슴이 다 보일 것 같은 트레이닝복을 입고 오셔서 나에게 유독 친한 척을 하고 있다. 한국을 좋아한다고 하면서 한국어로 인사도 하고, 몇 가지 간단한 한국말도 좀 더 알려달라고 한다. 그래서 한국어 강의를 잠깐 하고 있는데, 정문으로 오토바이가 두 대 들어온다. 한 대에는 맥주가 박스 채 실려 있고 나머지 한 대에는 검은색 스피커가 실려 있다. 블루투스로 연결 가능한 스피커인데 스마트폰과 연결해서 노래방 기계로 사용할 용도라고 한다. 크기가 거의 고등학교 때 보았던 교탁 정도는 되는 것 같다. 오토바이에서 맥주와 스피커, 그리고 마이크 두 개를 우리 자리 옆으로 내려놓은 뒤에, 오토바이를 몰고 오신 분들도 우리 테이블에 합류한다. 한 분은 동네 슈퍼 주인이고, 나머지 스피커를 싣고 오신 분은 근처에 살고 있는 이웃이라고 한다. 이렇게 이 자리에는 우리 회사의 영업사원들을 포함, 10명이 넘는 사람들이 모이게 되었다.

500cc 정도 크기의 투명 플라스틱 잔에 손가락 3개 정도의 굵기가 되는 기다란 원통형 얼음을 쏙 집어넣는다. 그리고 나서 미지근한 맥주 캔을 따서 컵에 붓는다. 신기하게도 맥주는 금방 시원하게 된다. 맥주가 조금 줄어들면, 얼음이 절반은 차지하는 컵에 계속해서 맥주를 가득 따라주며 서로 이야기하느라 바쁘다.

그런데 문제는 이 얼음을 맨손으로 집어서 내 컵에 계속 넣어준다는 것이다. 손으로 닭고기 잡아서 뜯다가 내 잔이 비어 있는 걸 보면 아이스 박스에서 이 원기둥 얼음을 손으로 집어내어 잔에 다시 채워주고 있다. 손으로 닭 뜯다가 그 손가락 빨아먹는 거 내가 다 봤는데, 너무 유난 떠는 것 같을까 봐 그냥 아무렇지 않은 척하고 있는 중이다. 더군다나 나에게 과도한 친절을 베풀어 주고 있어서 얼음이 유리잔 높이보다 조금 더 높이 올라오면, 손바닥으로 얼음 윗부분을 문질러서 녹여 주기까지 하고 있다.

▶ 일반적으로 음료나 맥주잔에 넣어 먹는 얼음

▶ 거래처 사장이 얼음을 내 컵에 넣어주는 모습

그때 대리점 사장이 갑자기 일어서더니 이렇게 얘기한다. 회사에서 새로운 한국 사장님이 오셨으니까, 최선을 다해서 우리 회사 제품을 팔아보겠다고 한다. 그리고 내 앞으로 와서 본인 잔을 가져다 대고서 외친다. "새로운 사장님! 건강하세요! 하나! 둘! 셋! 마시자!" 여기선 건배를 외칠 때 베트남어로 하나, 둘, 셋을 센다. 카운트다운하는 것처럼. "하나! 둘! 셋! 마시자!" 나도 외쳤다. 그리고 잔을 높이 들었는데, 노란색 닭껍질이 내 잔 속의 얼음 기둥 옆면에 붙어 있다. 닭발에 붙어 있는 모양의 닭껍질이다. 난 닭발 먹은 적이 없는데, 아무래도 이 사람들이 닭발 뜯던 손으로 다시 얼음을 집어서 내 잔 속에 넣었나 보다. '아! 이거 떼고 먹고 싶은데….' 근데 지금 모두 우리 둘을 쳐다보며 손뼉을 치고 있다. '아 씨, 그냥 닭껍질은 안 본 걸로 하자.' 그렇게 대리점 사장과 원샷을 하고 서로 돌아가며 노래도 몇 곡씩 불렀다.

고등학생 때 학교 앞 국밥집에서 저녁을 자주 먹었다. 나이가 많으신 아주머니가 사장님인 식당이었는데, 학생들이 오면 늦게까지 공부한다고 양을 더 많이 주셨고, 가격도 저렴해서 친구들과 자주 갔었다. 다만 한 가지 불편한 게 있었다. 가게가 작아서 테이블에서 주방이 다 보이는 곳인데, 솥을 국자로 휘휘 저은 다음에 본인이 국자에 입을 대고 간을 보고 나서 다시 국자를 솥에다 넣는 것이었다. 친구들이 다 보이니까 그렇게 좀 하지 말아 달라고 아무리 사장님한테 얘기를 해도 소용이 없었다. 팔팔 끓는 국에 다시 국자를 넣으니 상관없다고 했다. 게다가 국그릇을 우리 테이블에 올릴 때도 엄지손가락이 그릇 속에 푹 담겼다가 나오기도 한다. 바로 얼마 전, 한국에서도 이렇게 뭔가 찝찝하긴 해도 너무 깔끔한 걸 요구하면 유난 떠는 것 같던 때가 있었다.

베트남에 있으면 그런 감성이 다시 생각난다. 뭔가 마음씨 좋고 친근한데, 세련되지 않은 감성. 나도 이런 느낌이 뭔지 충분히 알고 있으니까 여기서 적응하며 일할 수 있을 것 같긴 하다. 그렇게 다시 호치민(Hồ Chí Minh)으로 돌아오는데, 이런 생각이 났다. '한국은 어느새 이렇게 세련되어 버린 거지?'

베트남 방송 인터뷰 성공기

직원들 사이에서 베트남의 한 방송국에서 주관하는 '직장인 풋살 대회'에 나가자는 의견이 나왔다. 출전해서 회사 이름도 알리고, 직원들 단합도 하자는 것이다. 언뜻 생각하기에 예전에 한국에서도 있었던 직장인 줄넘기 대회가 생각났다. 어렸을 때 TV에서 보았던 좋은 기억이 있어서 베트남에서도 한번 해보기로 했다. "그래, 그렇게 하자고. 출전 신청해 봐." 이렇게 매니저 회의를 마무리지었다.

그로부터 약 1개월 뒤, 우리 회사가 출전할 수 있게 되었다는 보고를 받게 되었다. 또 대회 전에 방송국에서 각 회사 대표들 인터뷰가 있으니까 미리 준비를 해달라고 한다.

"어? 인터뷰? 베트남어로 해야 돼?" 총무 매니저 롱(Long)에게 물었다.

"아닙니다. 한국어로 하겠다고 얘기했습니다." 총무 매니저가 미리 다 알아왔다면서 대답을 한다.

"그럼, 내가 미리 인사말 써서 보내주면 되는 거지?"

"네. 그렇게 하시면 다 번역해서 밑에 자막으로 띄울 예정입니다."

"OK. 내일 하나 써서 보내 줄게."

"Yes, sir. 1분 정도 분량으로 써주세요." 그리고 인터뷰 전날 퇴근 무렵, 총무 매니저가 찾아왔다. 내일 아침 10시에 인터뷰가 있으니까 옷 깨끗한 거 입고 출근해달라는 말을 전한다. 걱정 말라고 하며 나왔지만, 여간 신경 쓰이는 게 아니다. 다음날 아침 잘 다려 놓은 흰색 셔츠에 재킷, 그리고 회사 배지까지 달고 집을 나섰다. 그렇게 출근하는 차 안에서 좀 자려고 하는데 계속 전화가 온다. 총무 매니저였다. "법인장님, 이따가 베트남어로도 인터뷰 가능하십니까?"라고 묻는다. '엥? 갑자기 무슨 말이지?'

아무튼 회사에 도착하니 총무 매니저가 A4 용지 2장을 내민다. 베트남어로 15포인트 정도로 크게 쓴 인터뷰 대본이다. 내가 쓴 한국어를 통역 직원이 다시 베트남어로 번역해서 써 놨다고 하는데, 갑자기 이게 무슨 일인가 싶다.

"아니, 지금 8시가 넘었잖아. 그리고 인터뷰는 10시고. 근데 지금 이걸 베트남어로 외우라고?"

"오늘 아침에 방송국에서 연락이 왔는데, 한국어로 인터뷰를 하고, 베트남어로도 한 번 더 인터뷰를 하고 싶답니다."

"엥? 갑자기 바꾸면 어떡해?"

"아마 한국어로 방송은 나갈 것 같고, 혹시 베트남어로는 인터뷰가 어떨지 한번 보기만 하겠답니다."

"그럼, 일단 한국어로도 하는 거지? 베트남어는 책상에 깔아 두고 보면서 할게."

"네, 그렇게 하세요. 그런데 미리 좀 읽어보세요. 제가 옆에서 도와드리겠습니다." 갑자기 인터뷰 당일에 스케줄을 바꾼 것이 못마땅했지만, 여기서 일하면서 이런 식의 일정 변경을 수차례 겪어 봤기 때문에, 그리고 우리 매니저들이 이렇게 신나는 표정으로 적극적으로 내 옆에 붙어서 발음 교정을 해주고 있으니까 한번 해 보자고 생각을 고쳐먹었다. 그렇게 방송국에서 오기로 한 시간까지 총무 매니저 그리고 한국어 통역 직원과 함께 맹연습을 했다. 인터뷰 시작 시간인 10시 무렵이 되어서는 첫 페이지 절반 정도는 그냥 외울 수도 있게 되었다. '진즉에 베트남어로 해 달라고 했으면, 미리 연습해서 다 외웠을 텐데.'라는 원망도 했지만, 어쨌든 시간이 다 됐다.

방송국에선 방송용 카메라를 든 운동복 입은 젊은 남자 한 명과 인터뷰를 진행할 마이크를 든 남자 한 명이 회사로 방문했다. 사무실에서 간단히 인사한 뒤에 자기들끼리 촬영 구도에 대해 얘기하는 것 같다. 내 책상 뒤에 있는 책장의 구성을 바꾸기도 하고, 책상의 위치도 살짝 돌려서 방송에서 보기에 좋은 구도를 만들어 두었다. 나를 인터뷰할 사회자는 자기 손바닥에 물을 뿌리더니 내 머리를 꾹꾹 누르기도 한다. 그러고 나서 모든 게 맘에 든다는 표정으로 이제 촬영해도 좋다는 사인을 카메라맨에게 보낸다. 내 책장을 배경으로 둘이 일어선 채로 인터뷰를 진행했는데, 시나리오에 쓰인 대로 진행자는 베트남어로 묻고 나는 한국어로 대답을 했다. 우선은 회사 소개를 간단히 하고 그다음에는 왜 이 경기에 출전하게 되었는지를 설명하는 간단한 인터뷰다. 그렇게 인터뷰를 마친 뒤에 방송국이 요청한 대로 베트남어로도 똑같이 대답을 해달라고 한다. 이번엔 책상에 앉아서 하기로 했다. 내가 A4용지를 책상에 깔고 얘기하니까, 시선이 너무 아래쪽으로 가 있다면서 내 노트북 모니터에 붙이고 책상에 펼쳐두자고 한다. 아무래도 모니터가 멀어서 글자가 잘 보이지 않는다. 첫 페이지는 그럭저럭 외우기도 해서 잘 넘어갔는데, 둘째 페이지는 중간에 글자가 잘 안 보여서 멈추고 다시 진행하기도 했다. 총 세 번 정도 베트남어로 인터뷰를 진행한 것 같다.

인터뷰가 끝나자 우리 직원들이 "오~" 이러면서 나에게 다가온다. "왜? 잘했어?" 직원들에게 베트남어로 물었다. "진짜 잘했습니다." 직원들이 베트남어로 대답하며 엄지척을 해준다. 그런데 그냥 빈말로 그러는 것 같은 느낌이다. 베트남어로 말을 하긴 했지만, 무슨 말인지도 모르고 그냥 읽어 나간 거였다. 한국어로 1분도 안 걸린 인터뷰를 베트남어로 5분은 얘기한 것 같다. 인터뷰 내내 계속 말을 더듬어대느라 정신도 없었다. "어차피 한국어로 인터뷰한 게 나올 거야."라고 얘기하자 그럴 수도 있지만 연습보다 잘했다고 통역 직원이 대답해 주었다. "그래도 덕분에 재밌는 경험을 했다. 모두 고생했어." 이렇게 인터뷰를 종료했다.

호치민(Hồ Chí Minh)에 있는 우리 집엔 베트남 TV 방송이 안 나온다.

아예 볼 생각이 없기 때문에 신청도 하지 않았다. TV로는 유튜브와 넷플릭스밖에 보질 않는다. 그래서 인터뷰한 내용이 방송에 나온다고 한 날에도 실시간으로 볼 수는 없었다. 대신 다음날 직원들이 회사에서 보여줬다. 그날은 출근하자마자 사무실 입구에서 내 방으로 들어가는 길까지 직원들이 모두 일어서서 나에게 미소를 보내고 있었다. '와! 이게 웬일이야? 베트남어로 인터뷰한 게 나왔네?' 화면에 나온 나를 보는 게 어색하기도 했지만, 베트남어 인터뷰 버전이 방송됐다는 것에 뿌듯한 마음이 들었다. '베트남어로 갑자기 인터뷰했는데 진짜 이게 TV에 나오다니.' 직원들에게 계속 물어봤다. "알아들을 수 있어? 내 베트남어 발음을 알아듣겠어?" 직원들이 대답하기를 다 알아들을 수 있다고 한다. 그리고 한 직원이 와서 얘기했다. "못 알아들으면 자막이 나왔겠죠. 여기엔 자막이 없잖아요." 그 직원 말처럼 내 인터뷰 화면 하단엔 자막이 없었다.

방송국이 일 처리가 뭐 이렇게 갑작스럽냐고 불평하며 베트남어로 인터뷰를 하긴 했지만, 어쨌든 이 인터뷰를 통해 베트남어를 할 수 있는 법인장과 베트남 직원들 간 거리가 조금은 더 줄어든 것 같다. 이날 우리 직원들은 날 보면 모두 즐거워했고, 내가 나온 인터뷰 동영상 URL을 SNS에 공유하기 바빴다.

▶ 베트남의 동탑 방송국에 방영된 방송화면

베트남 음식, 어디까지 먹어봤니?

제조업체는 어쨌든 공장 가동률이 올라가야 살 수 있다. 그런데 아직 우리 공장의 가동률은 그리 좋은 편이 아니다. 조금만 더 판매하면 생산이 많아져서 가동률을 올릴 수 있을 것 같은데, 영업이 잘되지 않는 지역을 좀 알아보기로 했다. 지역별로 자료를 살펴보니, 불과 몇 년 전까지 판매가 있었던 지역인데 대규모 컴플레인이 발생한 후 재진입을 못하고 있는 지역이 있다. '이 지역에 집중적으로 지원을 해봐야겠다'고 생각하고 영업사원들과 함께 방문 계획을 잡았다.

수차례 선물을 보내고 퇴짜를 맞기도 했지만, 영업 책임자가 여러 번 시도한 끝에 그 지역의 대리점 사장과 미팅 약속을 잡을 수 있었다. 물론 내가 방문하기 전에 영업사원들이 수차례 다녀와서 그렇겠지만, 나를 대하는 태도가 생각보다 나쁘지는 않은 느낌이다. 다소 퉁명스럽긴 하지만 어쨌든 이 지역에서 사업을 다시 이어 나갈 수 있을 것 같다는 생각을 하게 되었다.

"저녁 먹으러 어디로 가지? 우리 영업사원들이 식당은 예약해 뒀나?"

대리점 사장과 말을 마치고 통역 직원 투(Thủ) 에게 말을 건넸다.

"아니요. 오늘은 이 대리점 사장님이 아는 식당을 예약했다고 합니다. 지역 특산물을 먹는다고 합니다."

"그래도 우리 하고 사업을 다시 할 생각이 있긴 한가 보네. 자기가 예약을 다 해 놓고. 근데 특산물 먹는다고? 아! 특산물이라고 하면 긴장되던데, 그냥 일반적인 것 좀 먹으면 안 되나?"

"하하하. 외국 손님이 오셔서 좋은 거 대접하고 싶어 합니다. 손님한테 쌀국수를 드릴 수는 없잖아요."

"제발 그냥 난 쌀국수 먹고 싶다고."

식당은 어렸을 때 부모님을 따라 방문해봤던 한국의 방갈로 또는 가든과 같은 분위기가 나는 시골 식당이다. 넓은 부지 군데군데에 코코넛 잎으로 지붕을 만들어 띄엄띄엄 방갈로를 배치해 두었다. '일단 분위기는 나쁘지 않네.'라고 생각하며 자리에 앉았다. 거래처 사장은 나 때문에 특별히 몸에 좋은 음식을 파는 식당에 왔다며 껄껄껄 웃어댄다. 통역 직원은 거래처 사장한테 무슨 음식이 나오는지 물어보고 깜짝 놀라는 표정이 되었다.

"왜? 뭐 시켰대?" 통역 직원에게 물어봤다.

"아… 지렁이 아십니까? 지렁인데 바다에 사는 겁니다. 아마 못 먹을 것 같습니다."

"뭐??? 바다에 사는 지렁이??" 그러는 사이에 첫 음식이 나왔다. 부침개를 파전같이 두툼하게 만든 음식인데, 자세히 보니 안에 갯지렁이가 박혀 있다.

"여기 다른 음식은 없나? 다른 것도 좀 시켜봐." 통역 직원에게 다급하게 얘기했다.

"지금 여기 메뉴 보고 있는데, 지렁이 요리밖에 없습니다."

"와! 망했네." 그리고 다음 요리들이 나왔다. 돌솥밥처럼 생긴 붉은 토기가 테이블 위에 올라온다. 베트남도 돌솥밥처럼 이런 토기에 밥을 따로 해서 주기도 한다. 그럼 바닥에 누룽지도 생기고 맛있게 먹었던 기억이 있다.

"아, 그냥 난 이 밥으로 배나 채워야 되겠다." 아직 뚜껑이 덮여 있는 돌솥을 보고 얘기를 했다.

"그거 밥 아닙니다." 통역 직원이 옆에서 말한다.

"이거 밥 아니라고? 나 전에도 먹어봤는데, 이거 돌솥밥이야."라고 말하며 뚜껑을 여는 순간 공포영화에서 갑자기 튀어나온 좀비를 본 것처럼 깜짝 놀랐다. '아! 이거 큰일 났다.' 밥이 있어야 할 자리에 온통 갯지렁이가 가득 차 있었다.

▶ 지렁이 부침개

▶ 지렁이 계란국

▶ 지렁이 찜요리

"이야! 미치겠네. 이거 대리점 사장이 우리 먹이려고 일부러 여기 데려 온 거 아니야? 근데, 넌 이런 거 본 적 있어? 먹을 수 있어?" 통역 직원 투(Thủ)에게 물었다.

"저도 이런 음식 처음 봅니다. 먹을 수 없을 것 같습니다."

'아… 어쨌든 먹어보자. 엿 먹이려고 데려왔든 보양식이라고 생각하고 데려왔든 일단 저 사장 의도대로 우리가 먹어주자. 아무튼 먹어야 여기서 다시 영업 시작할 거 아냐?'라는 생각이 들었다. "난 조금만 먹을 테니까 네가 좀 많이 먹어봐." 통역 직원에게 부탁을 했다.

"음… 저는 못 먹을 것 같습니다." 통역 직원이 거의 입을 다문 채 복화술을 하듯 작게, 그러나 단호하게 대답하고 있다.

대리점 사장은 몸에 좋은 거라고, 아무런 약도 안 먹고 흙만 먹고 자란 애들이라 깨끗하다고 자랑을 하며, 내 앞접시 위에 지렁이 부침개를 잘라서 올려준다. "아! 네." 하고 받았지만, 도무지 먹을 자신이 없다. "네가 먼저 좀 먹어 보라고. 맛이 어떤 지 얘기 좀 해봐." 통역 직원에게 다시 한번 부탁을 했지만, 대꾸가 없다.

'나는 먹어야 되겠다'는 책임감 같은 것이 솟아났다. '일단 작은 것부터 시도를 해 보자. 별거 아닐 거야. 그리고 집에 가면 기생충 약 먹고 집 앞 스타벅스에 가자. 스타벅스에서 샌드위치랑 프라푸치노 시키자'는 최면을 걸고 먹기 시작했다. 역시 처음이 어렵다. 처음엔 계란탕에 있는 국물 먼저 시작해서 아까 대리점 사장이 내 앞접시에 올려 준 지렁이 전도 먹어봤다. 찝찝하긴 한데, 별맛도 안 난다. 씹히는 느낌은 내용물이 없는 번데기 씹는 질감 정도? 이제 돌솥 안에 들어 있는 음식도 숟가락으로 퍼서 먹었다. 그리고 맥주 반 컵 마시고 입 헹궈내기.

"괜찮으십니까? 법인장님?" 통역 직원은 내 옆에서 술만 마시고 앉아 있다가 나에게 말을 건넨다.

"네가 안 먹으니까 내가 먹고 있잖아!"

"죄송합니다. 저는 못 먹을 것 같습니다. 술이 취하면 좀 먹어보겠습니다."

"그래 술이나 많이 마시면서 대리점 사장 상대하고 있어 봐. 지렁이는 내가 좀 먹고 있을게."

이날, 대리점 사장은 나에게 보양식을 대접하려고 이 식당에 데려간 건지, 아니면 진짜 한번 당해보라는 생각으로 데려간 건지 아직도 잘 모르겠다. 어쨌든 결국 이 대리점 사장은 우리와 5년 만에 다시 사업을 시작하게 되었고, 이로써 우리 회사의 영업 사원들도 이 지역에서 활동을 재개할 수 있게 되었다.

어려서 난 무척이나 음식을 가렸다. 기억에 중학교 때까지 파를 안 먹었었고, 대학교쯤 가서야 순대국밥을 먹었던 것 같다. 지금은 가리는 게 없다. 땟국물이 흐르는 잔에 담긴 녹차도, 꼬질꼬질한 손으로 건네는 얼음도, 난생처음 본 갯지렁이 음식도 가리지 않는다. 더 어른이 될수록, 더 내가 책임져야 할 게 많아질수록 가릴 수 없게 되는 것 같다. 초등학생인 아들은 아직도 김밥에서 채소를 빼고 먹는다. 채소를 먹어야 몸이 좋아진다고 말을 해주기는 하지만, 꼭 어린 나를 보는 것 같아 웃음이 난다.

코로나 상황의 베트남 직장 생활

슬기로운 격리생활

"2주 정도 있으면 될 거니까 짐은 많이 안 싸도 돼. 그리고 그 동네서는 괜찮은 호텔이니까 오히려 좀 쉬다 온다고 생각하고 다녀올게." 코로나가 한창이던 2021년 6월 초, 이렇게 호치민(Hồ Chí Minh)에 있는 집에서 짐을 싸 들고 나오게 되었고, 특별한 일로 약 일주일간 잠시 집에 들렀던 적을 제외하면, 약 반년간 집에서 나와 살게 된 것이었다. 그해 6월, 호치민(Hồ Chí Minh)과 직장이 있는 지역인 동나이(Đồng Nai)성 사이에 바리케이드가 세워졌다. 호텔 생활 초기에는 이 상황이 금방 끝날 것이라는 생각이 컸기 때문에 호텔에서 만난 또 다른 아는 사람들과 저녁 식사도 하고 호텔 헬스장에서 운동도 하며 지내고 있었다. 이 당시에는 입장할 수 있는 인원 제한이 있긴 했지만 아직 식당을 이용할 수 있던 기간이었다.

연장된 봉쇄 조치에 따라 약 한 달간의 호텔 생활을 정리하고 자취방을 얻기로 했다. 1개월짜리 초단기 임대 방을 구했고, 마트에서 식재료를 사다가 요리를 하기도 하고 아직은 배달이 가능한 식당에서 배달음식을 시켜서 끼니를 해결하기도 했다. 그렇게 지내던 중 7월 말에 자취방이 있는 동네 자체가 봉쇄된다고 소문이 나서 도망치듯 짐을 빼 나오게 되었다.

이미 공장에서 숙식하고 있는 직원들과 함께 지낼 각오로 텐트를 준비해서 회사에 들어왔다. 베트남 정부는 코로나 기간 중 공장을 가동하기 위해선 직원들이 퇴근하지 않고 공장 내에서 숙식할 것을 우선 조건으로 내세웠기 때문이다. 다행히 베트남의 지방 정부에서는 회사 근처 아주 가까운 곳에 숙소가 있다면, 정확한 인원, 장소, 이동수단에 대해 사전 허가를 받은 후 통행증을 소지한 채 숙박할 수 있도록 허락해주었다. 공장 바로 앞에 이 조건에 맞는 작은 호텔이 하나 남아 있었다. 한국으로 치면 여인숙보다 급이 낮은 정도의 시설인데, 공장 바닥이 아니라 침대에서 잘 수 있게 되어서 다행이라 생각했다. 참고로 호텔 입구에 표시

된 바로는 별이 하나 붙어 있었다. 1성급 호텔의 작은 방에서 나 혼자만 지내면 좋겠지만, 각종 벌레와 도마뱀도 함께 지내야 했다. 또 호텔 바로 옆집에서 키우는 닭이 새벽 4시 30분만 되면 울어서 따로 알람 설정도 필요가 없었다. 8월 첫 주부터 이 호텔에서 지냈는데, 호텔 사장님 가족의 살림집 겸 호텔인 이곳은 작은 민박집 같은 분위기가 난다. 사장님 부부와 자녀인 대학생 남매가 호텔에서 지내고 있고, 투숙객은 나와 우리 회사 매니저급 직원 몇 명이 전부다. 한국인은 나와 우리 회사의 부법인장 두 명이 있는데, 호텔에 유일한 외국인인 나와 부법인장을 챙겨주기 위해서 호텔 사장님 가족들이 많은 노력을 하고 있다.

요리를 사진으로 배우시는 것 같긴 한데, 어느 날은 국수용 소면과 토마토케첩, 그리고 고수 가루를 솔솔 뿌린 스파게티를 해줘서 깜짝 놀랐다. 특별히 신경 써 주셔서 감사하다고 했는데, 그 다음 주 일요일엔 간식으로 피자를 해줬다. 밀가루로 만든 부침개 바닥 위에 소시지, 새우를 올리고 토마토케첩과 마요네즈를 뿌려 주셨다. 오랜만에 먹는 귀한 피자라서 특별히 부법인장과 함께 호텔 루프탑에 올라와서 콜라와 함께 먹었다. 나름 호떡같이 쫄깃한 또 기름기를 가득 머금은 식감의 피자 도우가 인상적이었다. 그 후, 호텔 사장님은 더 자신감을 얻으셔서 고춧가루에

배추를 샐러드처럼 버무린 김치, 그리고 커다란 분홍 소시지와 초록 오이를 절반씩 큼지막하게 넣어 얼핏 태극 문양 같아 보이는 김밥도 만들어 주셨다. 이상할 것 같지만, 엄청 맛이 없진 않다.

▶ 호텔 사장님이 만들어준 피자

호텔 4층 꼭대기, 루프탑 안쪽의 옥탑방에는 호텔 사장님의 조상을 모셔 둔 사당이 있는데, 그 사당과 연결된 바로 뒷방에는 호텔 사장님 전용 헬스장과 노래방이 있다. 스피커 출력이 얼마나 큰지 노래를 부르면 호텔 전체가 다 흔들리고, 바로 옆에 있는 조상을 모셔 둔 위패가 덜컹거린다. 난 호텔 사장님의 배려로 주말엔 함께 운동도 하고 노래도 같이 부르게 되었다. 특별히 이곳에 출입할 수 있는 열쇠도 주셨다. 사당을 지나서 가야 되기 때문에 조금 무섭기도 하지만 덕분에 재밌는 주말을 보낼 수 있었다. 처음 방문했을 때는 노래방 화면이 없어서 스마트폰 화면을 보면서 불렀는데, 약 2주 후에는 다른 객실에 있는 TV 모니터를 떼 오셔서 진짜 노래방 같은 분위기가 되었다. 여기서 난 베트남 노래 하나를 마스터했다.

▶ 당시 머물던 호텔 루프탑

▶ 호텔의 헬스장과 노래방 기계

이 코로나 기간 중에 집에 들어가지 못하고 있는 것은 직원들도 마찬가지이다. 직원들 모두 나처럼 호텔에서 숙박할 수가 없기 때문에 생산 직원들과 관리직의 일반 스태프들은 공장 내에서 계속 생활해야 한다. 기숙사가 있는 회사가 아니다 보니까, 회의실과 사무실이 숙소가 되었다. 처음엔 많은 혼란이 있었다. 약 한 달쯤 되었을 때는 불편한 합숙 생활을 견디지 못한 일부 직원들이 탈출을 하려고 경비들과 패싸움식으로 대치를 하기도 했고, 담 넘어 도망가려다 잡히는 경우도 있었다. 나중에 그런 직원들은 아예 다 집으로 돌려보냈다. 남아 있는 직원들에게 특별 보너스를 주긴 했지만, 이 불편함을 감수하기엔 아무래도 힘든 수준인 것 같다.

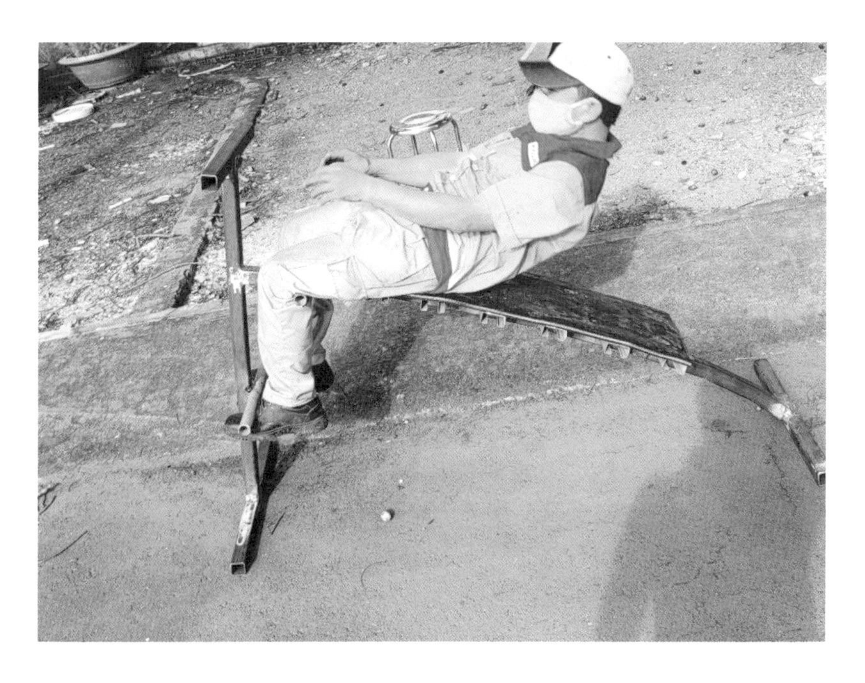

▶ 회사 직원들이 직접 제작한 운동기구

▶ 코로나 기간 중 채소를 키웠던 회사 내 텃밭

▶ 회사 내에서 이발하는 모습

그리고 이렇게 적응된 직원들은 회사 공터에 텃밭도 가꾸고 스스로 요리도 하면서 남는 시간을 보냈다. 운동 기구도 자체적으로 만들었고 거의 반년째 문을 닫은 베트남의 미용실을 대신해서 서로 머리를 깎아주었다. 군 생활할 때 많이 보던 모습인데, 베트남에 와서 군대 체험을 다시 하게 될 줄은 정말 생각지 못했다. 다만, 내무반(사무실 바닥)이 아니라 간부숙소(호텔)에서 지낼 수 있어서 그나마 다행이다.

그해 6월, 첫 2주가 지나면 봉쇄가 풀릴 것이라고 생각하고 집을 나왔다. 그리고 그 2주는 계속해서 1주 또는 2주씩 연장되어 6개월을 이어갔다. 일간 확진자가 1만 명을 넘은 2021년 8월 말부터는 호치민(Hồ Chí Minh) 시내에 군인들이 배치되었고, 검문소 관리 및 식료품 배급을 담당하고 있었다. 이렇게 베트남에서 군생활을 다시 겪게 될 줄은 생각하지 못했다.

코시국에 병원 방문기

이가 부러졌다. 하필 이 엄중한 코시국에 베트남 시골에서 밥을 먹다가 이가 부러졌다. 이가 아프기 시작한 지는 한 달이 조금 넘었다. 그런데 이 시기에 베트남 시골에서 치과에 간다는 것이 쉬운 일이 아니다. 특히 치과, 안과와 같은 병원은 문을 연 곳을 거의 찾기가 어렵고, 찾는다고 해도 문을 연 병원에는 환자가 잔뜩 몰리기 때문에 코로나 감염에 대한 두려움을 감수하고 진료받으러 가는 것도 내리기 어려운 결정이다.

코로나 시국, 베트남에서 공장을 가동하기 위해서는 지켜야 하는 여러 조건이 있다. 그중에 하나는 주기적으로 코로나 검사를 받아야 하는 것이다. 물론 모든 비용은 회사 부담이다. 지역별로 그 주기가 다르기는 한데, 우리 회사가 있는 지역은 3일마다 한 번씩 검사를 받아야 한다. 처음엔 7일 간격이었는데, 계속 변경되다가 나중에는 3일 간격이 되었다. 일주일에 두 번씩 콧구멍 속으로 면봉을 깊숙하게 넣어야 한다. 이 검사를 받고 나면 두통이 생기기도 한다. 그리고 난 이때부터 치통이 생기기 시작했는데, 두통과 함께 치통이 찾아와서 딱히 치과 질환이라는 생각보다는 턱관절 쪽에 염증이 생긴 건가 하는 생각이 들었다. 잦은 코로나 검사의 영향일 수도 있겠다는 생각이 있었고, 그래서 회사에 비치된 진통제를 먹으며 지내고 있었다. 또 만약에 치과 질환이 맞다고 하더라도 어차피 이 시기에 치과에 가는 것이 쉽지 않았다.

그러다 그해 9월 초, 지내고 있는 호텔의 사장님이 정성껏 만들어 주신 고기반찬으로 저녁을 먹다가 아래쪽의 앞니와 어금니 사이에 있던 이 하나가 썩어서 툭하고 부러져 나왔다. '치통이 맞았구나.' 이제 이가 부러져 나왔으니 어쩔 수 없이 이를 새로 해서 넣으러 치과에 가야만 한다. 어쩌면 임플란트를 해야 할 수도 있는데, 가급적 좋은 치과로 가야 되겠다고 생각했다. 당시에 한국으로 가는 건 생각할 수도 없고, 호치민(Hồ Chí Minh)의 한국 치과로 가는 것이 그나마 나은 선택이었다. '조금만 기다리자. 며칠 지나면 호치민(Hồ Chí Minh)에 있는 치과에 갈 수 있을 거야.' 이렇게 생각을 하고 좀 더 참기로 했다. 아직은 호치민(Hồ Chí Minh)과 우리 회사가 있는 동나이(Đồng Nai)성 지역 사이에 바리케이드가 있어서 통행이 어렵지만, 곧 일부 봉쇄조치가 완화될 것이라는 기대감이 많이 퍼져 있던 시기였기 때문이었다.

그러나 그 기대는 현실이 되지 못했다. 완화가 예상되던 그 무렵, 베트남 정부는 이 봉쇄 조치를 추가로 연장한다고 발표했다. 그래도 다행인 것은 일부 지역에 한해서 택배와 우편 서비스가 재개되고, 식당의 배달 방식 영업을 허가해 주었다. 이런 분위기면, 어쩌면 호치민(Hồ Chí Minh)에 있는 치과에 갈 수 있을 것 같다는 생각이 들었고, 회사 직원들에게 호치민(Hồ Chí Minh)에 갈 방도를 알아보라고 지시했다. 직원이 알아본 결과, 현재의 규정에 따라 중대한 치료를 위해 병원에 방문해야 한다는 병원의 의견서, 진료 예약증과 코로나 검사 결과를 첨부해서 통행증을 만들면 호치민(Hồ Chí Minh)에 갈 수 있다고 한다. 이렇게 해서 이가 부러진 지 열흘 정도 지난 뒤에 호치민(Hồ Chí Minh)에 들어갈 수 있는 통행증을 만들 수 있게 되었다.

병원과 미리 통화를 해보니, 아마 3번 정도 치료를 받아야 할 거라고 했다. 그리고 현재는 병원이 이틀에 한 번씩 일주일에 3일만 진료를 할 수 있는 상황이라고 한다. 이 말은 내가 일주일간 호치민(Hồ Chí Minh)에 있어야 한다는 얘기이기 때문에 약 일주일 치의 결재 서류들에 사인을 미리 다 해 놓고 직원들과 인사를 한 뒤에 호치민(Hồ Chí Minh)에 들어가는 차에 올라탔다. 그렇게 호치민(Hồ Chí Minh)으로 들어가는 길에 몇 개의 검문소를 통과했다. 그리고 이제 사이공(Sài Gòn)강에 있는 다리의 마지막 검문소에 도착했다. 드디어 호치민(Hồ Chí Minh)에 도착한 것이다. 이게 얼마 만에 보는 도시 풍경인지 모르겠다. 운전기사가 검문소 직원에게 통행증을 보여주고 몇 마디 했는데, 상황이 심상치 않아 보인다. 차를 갓길에 대고, 운전기사가 내렸다. 차창 밖을 보니 운전기사가 건넨 통행증 서류를 방호복을 입은 사람들끼리 돌려보고 서로 오랫동안 대화를 하고 있다. 뭔가 불길하다. 약 10분 정도가 지난 뒤에 운전기사가 돌아와서, 통과가 안 된다고 간단히 얘기를 하고 회사에도 연락을 한다.

▶ 당시 검문소의 모습

바로 회사에서 총무 직원한테 전화가 왔는데, 지금 이 검문소에서는 치과 진료를 중한 질병이라고 볼 수 없기 때문에 통과를 할 수 없다며 진입을 거부한다고 말한다. '이게 무슨 일인가? 이 부러진 게 중한 질병이 아니면 뭐가 중한 질병인가? 그리고 아까 다른 검문소에서는 통과시켜줬는데, 여기선 왜 안 된다는 거지? 또 이걸 왜 검문소 관리자가 판단하는 건가? 코로나 검사도 다 받아서 증명서도 만들고, 공무원한테 미리 전화해서 확인도 했는데 왜 통과가 안 되는 건가?' 이런 걸 회사 직원과 한참 얘기해봤지만, 우리끼리 아무리 얘기하고 뭐가 합리적인지 말해봤자 아무 소용이 없고, 검문소 관리자가 아니라고 하면 통과가 안 된다.

'이 동네가 그렇지 뭐.' 이렇게 생각하면서, 다른 방법을 찾아보기로 했다. 호치민(Hồ Chí Minh)에 다 들어와서 병원이 바로 저 앞인데 그냥 돌아갈 수는 없다. 여기저기 전화해보고 궁리한 끝에 앰뷸런스를 생각해냈다. 옛날에 한국에서도 앰뷸런스에 가짜 환자 태워서 문제되었던 뉴스를 여러 번 본 적이 있긴 한데, 내가 타도되는 건가 싶긴 했다. 하지만, '사실 따지고 보면 나는 진짜 환자 아닌가?'라는 생각이 든다. 검문소 관리자가 환자로 인정해주진 않지만, 병원에 가야 하는 이가 부러진 진짜 환자가 맞다. 의사가 환자로 인정해주고 공문도 보내줬다. 그렇게 앰뷸런스를 호출하기로 결정하고 한적한 길가에서 차량을 만났다. 그렇게 사이렌을 켜고 검문소를 지나 무사히 호치민(Hồ Chí Minh)의 한국 치과에 도착할 수 있었고, 오랜만에 방문한 집에 머물며 5일간의 치료 끝에 새로운 이가 생기게 되었다. 다행히 뿌리가 살아 있어서 임플란트를 하지 않고 치료할 수 있었다.

흔히 우리는 개발도상국에서 생활하며 '여긴 되는 것도 없고, 안 되는 것도 없는 나라'라고 말한다. 별로 좋아하는 말이 아니라 잘 쓰고 싶진 않지만, 어느 경우에는 맞는 말이기도 하다. 단, 그 안 되는 걸 되게 하려면 인맥이 필요하거나 돈과 시간이 들기 때문에 이런 걸 동원할 수 있는 일부 사람들에게만 해당이 되는 말이다.

난 이번에 안 되는 치과 치료를 되게 하려고 앰뷸런스 비용까지 합쳐서 거의 임플란트를 할 수 있을 정도의 비용을 지출했다. 부디 임플란트를 한 것처럼 오래오래 잘 버티길 바란다.

왜 집이 없는 이유를 설명할까?

베트남 남부의 메콩강 지역에서 우리 회사의 대리점을 하고 있는 어느 베트남 사장에게 연락이 왔다. 자기가 관리하고 있는 시골 지역에 가난해서 제대로 된 집이 없는 사람들이 있는데, 우리 회사와 함께 도울 수 있는 사업을 진행해 보고 싶다고 한다. 그러면서 같이 집을 지어주자고 제안했다.

'어떻게?' 물론 나도 가능하면 돕고 싶다는 생각이 있긴 하지만, '집이 얼만데 그걸 지어줘?' 하는 생각이 먼저 들었다. 그런데 설명을 듣고 난 뒤에는 가능할 수 있겠다는 생각이 들었다. 대리점 사장이 설명하는 내용에 따르면, 집 한 채에 한국 돈으로 300~400만 원 정도밖에 안 된다고 한다. 그리고 대리점과 회사가 반반씩 부담하면 어떻겠냐고 제안하는 것이었다.

"엥? 집이 7천만 동(약 350만 원)밖에 안 해?" 회사의 총무 매니저에게 물었다.

"그건 자재 값만 얘기하는 겁니다. 회사가 집 지을 수 있는 자재를 사 주면, 짓는 건 본인들이 알아서 할 거예요."

"그러면 건축비용은 생각 안 해도 되나?"

"건축은 본인들이 직접 합니다. 또 동네 사람들이나 친척들이 와서 도와줄 거예요."

'본인들이 짓는다고?' 고개가 갸우뚱거렸지만, 그냥 벽돌로 착착 쌓아 올리면 그리 어렵지 않겠다는 생각이 들기도 했다. 어쨌든 회사는 그 지역에서 적은 돈으로 홍보를 할 수 있겠다는 생각이 들었고, 그 홍보를 통해서 누군가를 도와주면 좋은 일 아닌가 하는 생각이 들었다. 어쨌든 이렇게 해서 그 대리점과 함께 시골 지역에 집을 지어주는 사업을 지원하기로 했다. 그리고 몇 달 뒤, 우리가 돕기로 한 세 곳의 집이 다 지어졌기 때문에 기증식 행사를 할 예정이라는 연락이 왔다.

▶ 집 기증식 행사

기증식에 참석하기 위해 호치민(Hồ Chí Minh)에서 메콩지역까지 자동차로 2시간 정도를 달린 뒤에, 해당 지역의 시청/군청과 같은 역할을 하는 인민위원회에 먼저 들렀다. 집을 지어준 곳은 차량이 진입할 수 없는 지역이라서 여기에 차를 주차하고 인민위원회 직원인 공무원들과 함께 오토바이를 타고 들어가기로 했다. 우리 회사 직원들은 각자 공무원들 오토바이의 뒷좌석에 탔고, 나도 역시 대리점 사장이 운전하는 오토바이 뒷자리에 앉아 좁은 시골 흙길을 달려갔다. 그렇게 20분가량 황토로 된 흙길을 달리다가 멈춰 선 곳에는 붉은 벽돌로 된 집이 한 채 있었다. 내가 보기엔 다 지어지지 않은 것 같은데, 주변의 공무원들과 우리 직원들의 눈치를 보니 다 지어졌다고 하는 분위기인 것 같다.

"뭐야? 이게 새로 지어진 집이야?" 통역 직원에게 물었다.

"네, 맞습니다. 일단 여기 하나 있고, 여기서 행사를 마치면 또 다음 집으로 이동할 예정입니다." 통역 직원이 대답한다.

"아니 그 말이 아니라, 집 지어진 상태가 이게 완료된 거냐고. 벽돌만 쌓아놨잖아. 시멘트도 바르고 바닥도 정리를 좀 해야 될 것 같은데." 다시 통역 직원에게 말했다.

"아! 그건 집주인이 살면서 할 거예요. 그건 어려운 거 아니니까 일단 집만 지어 놓고 살면서 천천히 보수할 겁니다." 통역 직원이 별거 아니라는 식으로 다시 대꾸해준다.

"그럼 여기서 그냥 사는 거야?"

"그렇죠. 이미 여기서 살고 있습니다."

"아… 그래." 당황스러웠지만, 이 곳의 문화가 그렇다면 받아들이기로 했다.

집이 지어졌다는 개념이 내 생각과 다른 것 같긴 했지만, 집 안쪽을 들여다보니 부엌에는 이미 온갖 그릇과 조리 기구들이 다 들어 있고, 미로 찾기 하는 것처럼 벽돌로만 나눠져 있는 집 내부의 벽을 따라 가면 문이 달려 있지 않은 방들이 두 개 있었다. 그리고 바닥엔 아직 흙먼지가 뿌옇게 있는데도 한 아저씨가 누워 있었다. 그렇게 집을 둘러보고 나오는데, 한 아주머니가 반갑게 나를 맞아 주었다. 아주머니는 내 손을 꼭 붙잡고 계속 무언가 말을 하고 있다. 통역 직원을 불러서 통역을 부탁했다.

"집을 지어 주셔서 고맙다고 말을 하십니다." 통역 직원이 나에게 말했다.

"아! 집주인 아주머니시구나. 나도 아주머니한테 좋은 집을 드릴 수 있어서 기쁘다고 해줘. 그리고 여기서 오래오래 행복하게 사시면 좋겠다고 전해줘." 통역 직원에게 대신 말을 부탁했다.

"감사하다고 하십니다. 그리고 또 다른 얘기를 하시는데, 남편이 있는데 예전에 사고를 당했다고 합니다." 통역 직원이 다시 아주머니의 얘기를 전한다.

"그렇구나. 힘드셨겠네. 아까 방에 누워 계시던 분인가?"

"네, 10년 전쯤 남편이 공장에서 일을 마치고 오토바이를 타고 집에 오는 길에 좁은 다리를 건너다가 물에 빠졌다고 하네요. 그래서 다리가 부러졌는데, 치료를 잘 못 받아서 그다음부터 일을 제대로 할 수가 없었다고 해요."

갑자기 날 처음 보자마자 왜 남편 다친 얘기를 하는가 싶었다. 그리고 아주머니는 더 많은 얘기를 이어갔다. 그래서 자기가 시장에서 일을 했는데 돈을 많이 벌지 못했고, 아이들 키우느라 돈 쓸 곳이 많았다고 한다. 그리고 눈물을 흘리고 있었다.

통역 직원이 전하는 말을 듣고 있는데, 아주머니가 안쓰러운 맘이 든다. 자기가 지금까지 집을 마련하지 못한 납득할 만한 이유를 나에게 설명하고 있다는 생각이 들었기 때문이다. 이 행사를 홍보용으로 생각했던 내가 오히려 무안해지는 순간이었다. 아무래도 대가 없이 집을 그냥 받는다는 느낌이 부담스러우신 모양이다. '나에게 설명하지 않으셔도 되는데.'

이 행사는 그 지역 인민위원회 공무원들의 추천으로 대상자를 선정하여 회사가 돕는 구조였다. 그리고 그 공무원들 역시 각 지역에서 추천을 받은 어려운 사람들을 다시 회사에 추천해 준 것이라고 한다. 이분을 추천한 주변에 살고 있는 친척들과 이웃들은 이 아주머니가 지난 10년간 어떻게 살아왔는지 알고 있었을 것이다. 누워 있는 남편과 자식들을 어떻게 돌보아 왔는지, 그래서 성실히 일해도 제대로 된 집 하나 없이 나무를 세워 만든 판잣집에서 살 수밖에 없었던 이유를 알았을 것이다. 그리고 돕고 싶지만 역시 넉넉지 않은 그들의 미안함이 이 아주머니의 집값을 대신 치른 것은 아닐까 하는 생각이 든다.

이날, 회사의 홍보 목적으로 시골 지역에 집을 지어주었다. 그리고 이후로 우리 회사는 매년 한 차례 베트남 시골지역 집 지어주기 행사를 하고 있다.

THUYỀN DU LỊCH
HOÀNG DIỆN
Tourist
Tourist

4장

이해하고 받아들여야 하는 서로의 문화 차이

THUYỀN DU LỊCH
HOÀNG DIỆN
Tourist
Tourist

골프장으로 피자를 배달시키는 방법

베트남으로 주재원 발령이 났을 때, 주재원들이 어떻게 지내고 있는지 인터넷으로 검색을 많이 했었다. 그리고 검색에 나온 수영장이 딸린 예쁜 아파트와 주변의 이국적인 경치를 보며 즐겁게 지낼 수 있을 것 같다는 상상을 하며 베트남에 나오게 되었다. 처음 몇 달 정도는 한국과는 다른 신기한 경험을 하기도 하지만 그 경험들이 일상이 되는 시기가 되면 막상 할 게 별로 없는 곳이기도 하다. 한국처럼 주말에 경치 좋은 곳으로 드라이브를 갈 수도 없고, 가까운 산으로 하이킹을 갈 수도 없다. 교통체계가 워낙 복잡해서 외국인이 직접 차를 운전하기 어려운 곳이기도 하고, 근교에 산이나 관광지 하나 없는 호치민(Hồ Chí Minh)에서 갈 수 있는 곳이 마땅치 않기 때문이다. 그래서 주말에 할 수 있는 것은 아파트에 있는 수영장에 갔다가 집 주변에 있는 쇼핑센터 다녀오는 일이 대부분이다. 그리고 시간이 좀 지나서 주변에 친한 사람들이 생기게 되면, 주말에 할 수 있는 야외 활동으로 주로 운동을 하게 된다. 골프를 많이 하는 것 같고, 축구, 테니스와 같은 운동을 하는 사람들도 있다.

하루는 친구들과 함께 호치민(Hồ Chí Minh) 인근의 골프장을 찾았다. 화상 입을 것 같이 햇볕이 따가운 날이어서 팔토시, 얼굴 가리개로 온몸을 꽁꽁 싸매고 첫 홀 티샷을 마쳤다. 그리고 첫 홀에서의 세컨드 샷을 치고 카트로 들어왔는데, 경기 진행 요원이 우리 카트 옆에 서 있었다. '왜 여기 서 있지?'라고 생각하며 카트로 갔더니, 우리에게 뭐라고 한참 동안 얘기를 한다. 요약하면, 우리 팀보다 빨리 보내야 하는 팀이 우리 뒤에서 대기하고 있으니 잠시 기다려달라는 말이었다. 이게 무슨 황당한 소리냐며 항의를 했지만, 그저 미안하다고만 연신 얘기하는 진행요원이 불쌍해 보여서 우리의 뒤 팀이 먼저 이 홀을 지나가도록 허락을 해주었다. 대신 우리가 기다리는 동안 맥주를 서비스로 달라고 하니, 흔쾌히 알겠다고 한다.

그 후, 1번 홀의 그린 옆에 카트를 대고 우리 뒤 팀이 경기를 마치고 지나가는 것을 다 지켜보았는데도 맥주가 오질 않는다. 진행요원이 서비스로 맥주를 돌리기로 해 놓고, 잊어버린 건 아닌지 다시 괘씸한 생각이 들었다. 날이 더워서 더 짜증이 나기도 했다. 캐디에게 진행실로 연락해 보라고 몇 번 얘기를 했는데, 금방 도착할 거라고만 전한다. 그렇게 2번 홀의 게임을 마쳤는데도 맥주가 오질 않는다. 이제 맥주 기다리는 것을 포기하고 조금 있다가 그늘집이 나오면 우리가 사 먹기로 했다. 그리고 골프장에 항의할 참이었다. 3번 홀에서 경기를 하고 있는데, 붉은색 카트를 탄 진행요원이 우리에게 달려온다. '드디어 오는구먼.' 그 붉은색 카트를 보며 우리끼리 이제 드디어 맥주 가지고 왔나 보라고 얘기하고 있었는데, 진행요원은 맥주가 아닌 것으로 보이는 큰 박스를 들고 카트에서 내렸다.

"이게 뭐야?" 우리가 진행요원에게 물었다.

"요청하신 대로 피자를 가지고 왔습니다." 진행요원이 미안하다는 표정으로 우리에게 대답을 하고 있다.

"우리는 맥주 달라고 했는데?" 깜짝 놀랐다. 피자라는 얘기를 한 적이 없었기 때문이다.

"네, 맞아요. 피자 달라고 하셨잖아요. 우리 골프장에는 피자가 없어서 배달시키느라 조금 늦었습니다."

"엥?" 이게 무슨 말인가 싶었다.

베트남어로 맥주는 '비아'라고 발음한다. 베트남어로는 발음대로 'BIA'라고 쓰고 '비아'라고 읽는다. 그래서 우리도 진행요원에게 '비아'를 달라고 했다. 그런데 진행요원은 본인이 잘못한 게 맥주 정도로 끝날 게 아니란 강한 확신이 있었나 보다. 그래서 '비아'로 알아들은 게 아니라 '삐야'로 알아들은 것 같다. 베트남에선 피자를 보통 영어식으로 'PIZZA'라고 쓰는데, 베트남 알파벳에는 'Z'가 없기 때문에 발음하기를 어려워해서 'Z'를 빼고 발음하기도 한다. 그러면 '피아' 또는 '삐야'라고 발음이 된다. 더군다나 한국 사람들이 흥분하면 센 발음이 나오기 때문에 'B'가 'P'처럼 들렸을 수도 있다. 어쨌든, 진행요원은 '비아(BIA)'를 '삐야(PIZZA)'로 알아듣고 우리에게 피자를 가져왔다. 우리는 진행요원에게 아무튼 고맙다고 인사하고, 골프장으로 피자도 배달이 되는구나 하면서 맛있게 한 조각씩 먹었다.

외국에서 살다 보면 답답하다고 느껴지는 때가 많다. 주말에 가족들과 간단한 나들이를 가고 싶어도 갈 수 없고, 의사소통이 제대로 되지 않아서 주문한 것과 다른 음식이 나오기도 한다. 물론 곤란한 경우도 있지만, 맥주가 피자로 바뀌는 행운을 누리는 의외의 경우도 만날 수 있다.

덮밥 먹으러 롯데리아 갈래?

난 외국음식을 잘 먹는 편이다. 그도 그럴 것이 항상 베트남 시골을 다니기 때문에 그 지역 특산물을 가지고 요리한 음식을 많이 먹어야만 한다. 특별히 기억나는 음식으로는 지렁이 요리, 논병아리 통구이, 개구리 찜, 뱀탕, 고양이 카레 등등 셀 수 없을 만큼 많은 베트남의 지역 특산 요리를 먹어본 것 같다. 인심이 후한 베트남 시골 사람들은 그저 일 때문에 상담만 하러 가더라도 식사 대접을 하려는 사람들이 많고, 또 차만 마시기로 약속까지 해 놓고도 집에 식사를 차려 놨다고 꼭 먹어야 한다고 붙잡는 게 다반사다. 출장을 나가서 하루 최대 5번의 식사를 한 적도 있었는데, 그 후로는 가급적 하루에 2~3곳의 거래처만 만나는 것을 원칙으로 하고 있다. 아무튼 일주일에 2~3일가량 출장을 가야 되니까 꽤 많은 베트남 로컬 음식을 먹게 되는 것 같다.

함께 출장을 나간 통역 직원에게 내가 베트남 로컬 음식을 얼마나 많이 먹고 있는지에 대해 얘기를 했더니, 오늘 점심은 시골에서 롯데리아를 찾아봐 주겠다고 한다.

"오늘 점심 식사는 롯데리아에서 하실까요? 운전기사 말로는 근처에 롯데리아가 있다고 합니다."

"이 시골에도 롯데리아가 있어?" 호치민(Hồ Chí Minh)에서 3시간가량 떨어진 이 시골 지역에 롯데리아가 있다는 것이 신기해서 통역 직원에게 다시 물었다.

"네, 롯데리아는 베트남 전국에 다 있습니다. 베트남 패스트푸드점 중에서 매장이 가장 많을 거예요." 가장 많은 점포가 있다고 한 직원 말이 맞는지는 잘 모르겠지만, 베트남에서 가장 큰 패스트푸드점 세 곳을 꼽는다면 KFC, 롯데리아, 맥도날드 정도가 되는 것 같다.

그렇게 찾은 시골의 롯데리아에 도착을 해서 불고기 버거 세트를 주문해 달라고 부탁을 하고 화장실에 다녀왔더니, 나만 햄버거를 주문했고,

나머지 두 명(운전기사, 통역 직원)은 밥을 주문했다. 그리고 매장 내 테이블에서 식사하고 있는 사람들을 보니, 대부분은 밥 종류를 먹고 있다. 아마 햄버거보다는 밥이 더 인기 있는 것 같아 보인다.

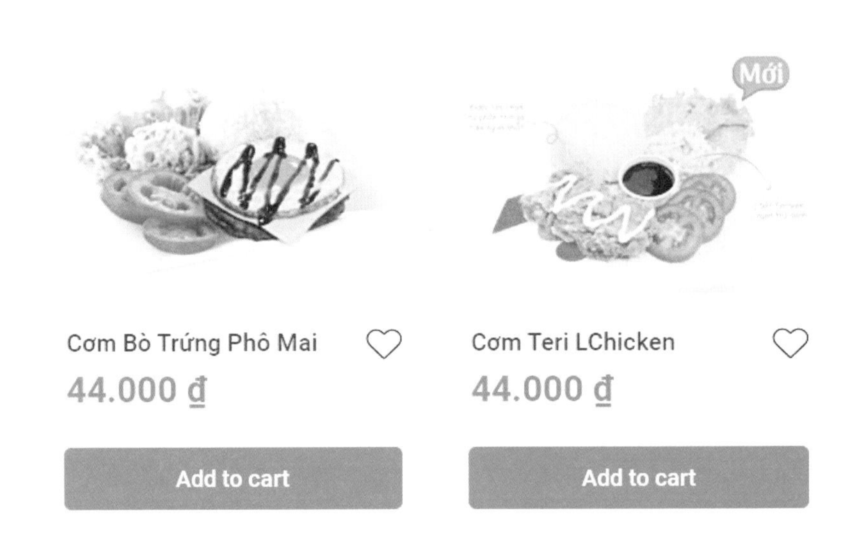

▶ 롯데리아에서 팔고 있는 밥 메뉴

그 후 호치민(Hồ Chí Minh) 시내에 나와서 패스트푸드를 먹으러 갈 일이 생기면, 사람들이 주로 무엇을 먹고 있는지 유심히 보게 된다. 역시나 햄버거보다는 밥의 비중이 더 높거나 비슷한 것 같다. 몇 달 후, 이제 막 대학교에서 한국어를 전공한 뒤 회사에 입사한 여자 직원과 함께 출장을 나가게 되었다. 비행기를 타고 다른 먼 지역에 가야 하는 출장이었는데, 공항에서 만난 뒤 비행기를 타기 전에 공항 내의 버거킹에서 아침을 해결하기로 했다.

"난 와퍼 세트 먹을 건데, 뭐 먹을래?" 주문대 앞에 서서 직원에게 메뉴를 물었다. 아무래도 어린 직원이니까 햄버거를 좋아할 것 같다는 생각이 있었다.

"저도 법인장님하고 같은 거 먹겠습니다." 이제 막 입사한 어린 직원이 대답했다. 그리고 나서 공항 매장의 작은 테이블에 앉아 햄버거를 먹는데, 내가 다 먹는 동안 맞은편에 앉은 직원은 절반도 먹질 못하고 있다.

"왜? 맛이 없어서 잘 못 먹는 거야?" 햄버거는 거의 먹지 않고 콜라만 마시고 있는 직원에게 물었다.

"아니요. 햄버거를 별로 먹어본 적이 없어서 잘 못 먹겠습니다." 신입 여자 직원이 대답한다.

"학교 앞에 햄버거 가게들 많지 않아? 베트남 젊은 사람들은 잘 안 먹나 봐?"

"네, 먹는 친구들도 있는데, 저는 별로 좋아하지 않아요. 제가 시골 출신이라 더 그런가 봐요."

"그럼, 이따 점심은 네가 골라봐." 아침을 잘 먹지 못한 직원이 안쓰러워서 점심은 직원이 좋아하는 음식을 고를 수 있도록 미리 얘기해 두었다.

그리고 베트남 직원이 선택한 대로 점심을 먹으러 베트남 식당에 들어갔는데, 이날 점심은 꼬불꼬불하게 생긴 돼지 뇌가 통째로 들어 있는 베트남 수프를 먹어야 했다.

"왜 잘 못 드세요? 맛이 없나요?"

"아…아니, 이런 음식 처음 봐서 잘 못 먹겠어." 나는 겁에 질린 표정을 지으며 대답했다.

"계란처럼 부드럽고 맛있습니다. 이 지역 특산물이니까 여기서는 이거 꼭 먹어야 해요." 신입 직원은 장난스러운 표정으로 돼지 뇌를 한 숟가락 퍼서 내 앞에 보여준다.

"어…알겠는데, 내 돼지 뇌만 좀 가져가 줄래? 난 국물만 먹을게."

종종 베트남 시골에 있는 고객들을 호치민(Hồ Chí Minh) 시내에서 만나는 경우가 있다. 그러면 한국 식당에 데려가서 가장 비싼 소고기 구이를 시켜주곤 하는데, 신기하게도 소 등심이나 안심 구이보다는 돼지 삼겹살을 더 좋아하는 것 같다. 한국과는 다르게 많은 베트남 사람들은 부드러운 소고기 구이의 질감을 이상하게 생각하는 것 같고, 상대적으로 질깃한 삼겹살이나 목살을 좋아하는 것 같다.

음식에도 문화적인 차이가 있다. 그리고 우월한 문화가 없듯이, 다른 음식보다 더 뛰어난 음식도 없다. 익숙한 대로 즐기면 될 뿐이다.

나도 저들처럼 강 위에서 살 수 있을까?

베트남 대리점의 소개를 받아 우리 제품의 최종 사용자를 만나보기로 했다. 그중에서 오늘은 수상가옥에 살고 있는 한 가정에 방문할 예정이다. 이제 베트남의 시골길은 익숙하다. 아스팔트 길과 비포장 흙길이 번갈아 나오고, 길이 좁아지면 오토바이로 갈아타야 하는 길을 여러 번 다녀봤다. 베트남의 운전 매너는 한국과 많이 달라서 차대 차로 슬쩍 부딪히는 접촉 사고 같은 건 아무 일도 아니다. 좁은 길에서 마주 오는 차량과 서로 사이드 미러가 부딪치면 그냥 손 흔들고 각자 제 갈 길을 가기도 한다. 차에서 내려보지도 않는다. 또 놀랐던 적은, 비포장의 울퉁불퉁한 흙길에서 우리 차 옆에 달리던 오토바이가 넘어질 뻔했는데, 우리 차의 옆문을 발로 차서 균형을 잡기도 했다. 그때도 역시 우리 기사는 조심히 가라고 손짓 한번 한 것이 다였다.

오늘은 이런 흙길은 아니지만, 배를 타고 들어간다. 베트남의 남부는 메콩강 하류의 메콩 델타 지역이라서 강에서 물고기를 키우는 것을 생업으로 하고 있는 가정들이 많이 있다. 오늘은 이들을 만나러 간다. 강이 많은 지역이다 보니 도로를 달리다가 갑자기 강 앞에서 길이 끊어지기도 한다. 아직 교량 건설이 많이 이뤄지지 않아서, 이럴 때면 강을 건너주는 배에 차를 올린 뒤에 강 반대편으로 넘어가야 한다. 그렇게 두 차례 큰 강을 건너서 도착한 한 강가에는 작은 선착장이 있다. 이번엔 여기에 있는 배 위에 몸만 올라탄 뒤 수상가옥으로 들어갈 예정이다.

"이 배야? 우리 이거 타고 가는 거야?" 통역 직원에게 물었다.

"네. 이 배를 타고 갑니다."

"생각보다 너무 작네."

"그렇죠? 이거 타고 15분 정도 더 가면 우리 제품 사용하는 거래처가 나온다고 합니다."

배 사이즈가 그야말로 초라하다. 이 넓은 강에서 이 작은 배에 몸을 맡

겨도 되는 건가 의심스럽기까지 하다. 다행히 노를 젓는 배가 아니라 배 꽁무니에 모터가 달려 있는 나름 '모터보트'라서 배는 생각보다 빠른 속도로 강을 달린다. 강바람이 얼굴을 세게 내리쳐서 서로 얘기하는 게 어려울 정도다. 또 배가 좁다 보니까 물 위를 달리면서 생기는 물보라에 옷이 다 젖기도 했다. 최대한 배 뒤쪽에 앉아야 한다는 요령도 터득하게 되었다. 그렇게 10분 이상 달려서 도착한 지역에는 강 위에서 물고기를 키우고 있는 수상가옥들이 다닥다닥 붙어 있었다.

▶ 수상가옥

우선 배에서 내려서 선물을 들고 좁은 나무다리를 건너야 한다. 집과 양어장 사이에 있는 좁은 나무다리를 건너기 위해 어떤 직원은 신발을 벗었고, 어떤 직원은 식은 죽 먹기라는 표정으로 자신 있게 건너기 시작한다. 나도 한번 묘기를 해볼까 하며 그렇게 살금살금 나무다리를 건너서 드디어 양어장 주인을 만날 수 있었다.

"신짜오(Xin Chào)." 베트남어로 앳된 모습의 양어장 주인한테 말을 걸었다. 이 지역에서 태어나 친척들과 함께 양어장을 운영하고 있는 남자는 부인과 생후 백일 정도 지난 아이와 함께 강물 위에서 살고 있었다. 옆에 있는 양어장은 큰 아버지가 하고, 그 옆은 작은 삼촌이 해서 바쁠 땐 서로 아이를 봐주기도 한다고 말한다. 이제 막 기어다니기 시작한 아이가 물에 빠질까 봐 수상가옥 한편에 네모나게 울타리를 쳐 두었다. 그리고 부모님이 일을 보는 동안 아이는 그 울타리 안에서 장난감을 가지고 놀아야 한다. 옆집과 건넛집의 친척들도 다 내가 있는 집으로 건너왔다. 우리 회사의 영업 사원 그리고 통역 직원과도 서로 인사를 하고, 갓난쟁이가 있는 울타리 옆에 수건 돌리기 하는 것처럼 동그랗게 앉았다. 앉자마자 나에게 담배를 하나 건넨다. 담배를 사양하고 인사를 하는 동안 양어장 사장의 부인이 따뜻한 녹차를 주전자에 담아 왔다. 날이 더운데도 베트남에선 따뜻한 녹차를 즐겨 마신다. 또 손님이 오면 항상 녹차와 담배를 권하는 것 같다. 그렇게 앉아서 우리 제품을 어떻게 사용하게 되었는지, 만족도는 어떤지 이것저것 묻기 시작했다.

그렇게 질문을 하고 대답을 들으면서도 처음 보는 신기한 수상가옥 여기저기에 눈길이 간다. 여기서 생활이 가능한 건지, 전기는 들어오는 건지, 괜히 궁금하다. 그래도 언뜻 살펴본 결과 집에 있어야 할 것들은 다 있다. TV도 있고 주방 용품도 보인다. 강기슭에 있는 전신주에서 전기를 끌어 쓰고 있는 것 같고, 휴대용 가스버너로 요리를 하는 것 같아 보인다. 상수도는 들어오는지, 또 화장실은 어떻게 이용하는지 물어보니, 상수도는 없다고 하고, 화장실은 그냥 바닥에 구멍 뚫어 놓으면 화장실이라고 한다. '아! 지금 마시고 있는 녹차도… 설마 이거 강물로 끓인 건가?' 싶었다.

궁금한 게 더 많았지만, 제품 사용 경험에 대한 이야기를 나누느라 생활과 관련된 건 조금만 묻기로 했다. 그리고 다음에 또 만나자는 인사를 하고 다시 나무다리를 건너 작은 보트에 올라탔다.

차를 타고 돌아오는 동안 통역 직원에게 물었다.

"여기에 살고 있는 사람들은 매일 뭍으로 나올 수는 없을 것 같은데, 어때? 자주 나오긴 하나?"

"네, 맞습니다. 자주 나오지 못합니다. 태풍이 온다고 할 때나, 특별한 일이 아니면 잘 안 나올 겁니다."

"그래? 그럼 아이들 학교는 어떻게 다녀? 아까 그 아이도 자라면 학교에 가야 될 거 아니야?"

"아마 여기 사는 아이들은 거의 학교 안 갈 것 같습니다."

"그렇구나. 우리가 거래처 자녀들에게 학용품이나 장난감 같은 거 만들어서 좀 나눠줄까?"

"그래도 여기 사람들은 돈 많이 벌어서 괜찮습니다. 이 동네에서 빠르게 부자가 되려면 물고기를 키워야 된다는 말이 있습니다."

"그래?"

모르겠다. 아무리 빨리 많은 돈을 벌 수 있다고 해도, 내가 보기에는 출렁거리는 강물 위에 살면서 아이를 키운다는 게 쉬운 일은 아닐 것 같다. 또 '이렇게 살면서 돈만 많이 벌면 무슨 재미가 있을까?' 싶기도 하다. 하긴 혹시 또 다른 문화권의 사람들이 보기엔 우리 한국 사람도 이런 삶을 살고 있는 건 아닌지 모르겠다.

▶ 수상가옥에 들어갈때 탔던 모터보트

베트남 공안에게 조사받던 날

연초부터 문제가 생겼다. 지난해 코로나 때문에 거래처 직접 방문과 우편 발송이 어려워진 사이를 틈타 영업 매니저 한 명이 거래처와 회사를 속이며 서류를 바꿔치기한 것이다. 이 일로 회사에 손실이 발생하였고, 당장 영업 매니저를 사무실로 들어오라고 했다. 푸른색 포드 픽업트럭을 몰고 회사로 들어온 영업 매니저는 인사 담당 매니저와 함께 내 사무실로 들어왔다. 어떻게 된 일인지 경위를 설명하라는 요구에 처음부터 발뺌이다. 여러 부서의 직원들 증언과 거래처 사장의 확인 서류가 뻔히 있는데도 불구하고 본인은 절대 그러지 않았다고 한다.

이 매니저는 내가 처음 베트남에 왔던 때인 5년 전 우리 회사의 영업부서에서 근무하던 20대 후반의 직원이었다. 영업사원 중 거의 막내였고, 키도 제일 작아서 또 다른 두 명의 키 작은 영업사원과 함께 숏다리 삼총사라고 불리던 재밌고 활기찬 영업사원이었다. 회사 매출이 좋지 않던 시절부터 함께 근무했고, 영업부 회식을 할 때면 청바지 차림에 회사 로고가 크게 새겨진 판촉용 푸른 셔츠를 입고서 서글서글하게 웃으며 다가와 인사하던 직원이기도 했었다. 또 가끔씩 본인의 혼다 오토바이에 제품을 가득 싣고 거래처에도 직접 배달하며 성실히 일하고 있는 모습이 눈에 띄었던 기억도 있다.

몇 년 후, 회사의 매출 실적이 좋아지면서 추가로 개설되는 영업 지역에 누구를 매니저로 보낼 지 고민을 하다가 이 직원을 매니저로 진급시켜 새로운 영업 지역의 책임자로 발령 내게 되었다. 그리고 새로운 지역에서 용케 신규 거래처를 확보하고 판매를 늘려가고 있었기에 영업회의 시간에 몇 차례나 일으켜 세워 칭찬을 했었고, 영업 성과로 인해 여러 차례 시상금을 받아 가기도 했던 직원이었다. 그러던 그 직원의 얼굴이 지금 내 앞에서 싹 변했다. 할 테면 해 보란 식으로 씩씩거리며 본인은 잘못이 없다고 항변하고 있다. 인사 담당 매니저도 어이없다는 듯 그를 바라보고 있지만, 그 영업 매니저는 오히려 인사 담당 매니저를 향해 비웃음을 보이고 있다.

"안 되겠다. 지금 얘기가 계속 바뀌고 있잖아!" 나도 버럭 소리를 질렀다.

"난 말 바꾼 적이 없습니다." 영업 매니저는 내 눈을 똑바로 바라보면서 붉게 상기된 얼굴로 대꾸한다.

"다시 처음부터 얘기하자고. 이번엔 녹음하면서 다시 말하자." 나는 스마트폰을 꺼내서 테이블 위에 올려 두었다. 그리고 다시 처음부터 사건 경위를 이야기하기 시작했고, 조금 차분해진 뒤에 지금까지 한 얘기를 토대로 경위서를 작성한 뒤 나가라고 지시했다. 그 후에 인사 담당 매니저는 내 방을 나갔고, 영업 매니저는 내 방 테이블에 앉아 경위서를 작성했는데, 내용이 뒤죽박죽에다가 앞뒤가 맞지도 않는다. 사안이 중요하다고 판단되어 인사 매니저와 함께 징계위원회를 개최하기로 했고, 징계위원회 개최일을 문서로 고지하기 위해 그 영업 매니저가 있는 자리에서 징계위원회 개최 공문을 발급해 주었다. 그 후 영업 매니저는 집으로 돌아갔다.

그리고 며칠 후, 아침에 출근해서 내 사무실의 옷걸이에 재킷을 걸고 있는데 인사 담당 매니저가 나에게 보고할 것이 있다며 찾아왔다. 베트남 공안에서 회사로 연락이 왔다고 한다. 우리 회사의 영업 매니저가 회사 대표에게 폭언과 폭행을 당했다는 고소 사건이 회사 근처의 공안에 접수되었다는 연락이었다. 법인장인 내가 피고소인이기 때문에 회사로 찾아와 조사를 하겠다는 내용을 전해주었다. 한국 경찰한테도 조사라는 걸 받아본 적이 없는데, 베트남 공안에게 조사를 받게 생겼다. 그리고 폭언과 폭행은 대체 무슨 말인가? 인사 담당 매니저가 추가 정보를 얘기해주는데, 그 영업 매니저는 경위서를 쓰던 날, 정신 병원에 방문하여 진단서도 끊었다고 한다.

“너무 걱정하지 마세요.” 인사 담당 매니저가 놀란 나의 표정을 보며 다시 말을 건넸다. “법인장님 방에 CCTV 달려 있는 걸 그 영업 매니저가 모르는 것 같네요.” 그래! 인사 담당 매니저의 말이 맞았다. 내 사무실에는 CCTV가 달려 있다. 내 방에 금고가 있기 때문에 그걸 지키기 위해서 달아 두었다. 영업 매니저가 폭행을 당했다고 하는 시간의 CCTV 영상은 이미 확인해보았는데, 그런 영상은 확인할 수 없다고 했다. ‘당연하지. 내가 폭행한 적이 없는데.’

그리고 그날 오후, 내가 피고소인이 되었다는 소식을 들은 노조위원장과 경비가 찾아왔다. 노조위원장은 내가 평상시에 직원들을 폭력적으로 대하는 사람이 아니고, 또 노조원들도 한 번도 폭언과 폭행을 당해본 적이 없다는 서류를 작성해 가지고 왔다. 그리고 경비는 그날 본인이 창밖에서 내 사무실을 지켜봤는데, 폭행과 같은 장면을 본 적이 없다고 하며 진술서를 작성해 주겠다고 했다. 너무 가슴 뭉클하고 감사했다. 베트남의 직원들과 경비가 본인들의 수고를 들여가며 한국인인 나를 돕는 서류를 작성해 주었다는 게 너무 감사했다. 분하고 화나던 감정이 누그러지고 오히려 힘이 나기 시작했다. 그리고 베트남 공안이 회사에 방문하던 날, CCTV 영상과 노조위원장의 진술서, 또 경비의 진술서를 가지고 공안을 만날 수 있었고 여러 차례의 진술 과정을 통해 폭언과 폭행에 대한 사건은 종결되었다.

한 사람을 인정하고 키워주면서 더욱 발전하길 바랐는데, 그 사람에 대한 배신감으로 분노하고 억울했던 사건이었다. 하지만 또 다른 한편으로, 나를 도와주는 많은 사람들에 대해 너무 감사해서 눈물이 날 것 같던 고마운 사건이기도 했다.

그 후 징계위원회가 열리기 며칠 전, 영업 사원들이 나에게 연락을 해왔다. 그 영업 매니저는 징계위원회에 변호사를 대동할 것 같으니, 내가 미리 준비해야 될 것 같다는 연락이었다. '회사 징계위원회에 변호사를 대동하다니?' 이런 경우는 한국에서도, 또 베트남에서도 처음 봤고, 다른 회사 사례에서도 들어본 적이 없던 경우다. 미리 알려줘서 고맙다고 영업 사원들에게 얘기했고, 걱정하지 않아도 된다고 했다. 그리고 징계위원회가 열리던 날, 그 영업 매니저는 푸른색 포드 픽업트럭을 회사 주차장에 세우고 본인의 변호사를 대동한 채 당당히 사무실 2층 대회의실로 걸어 올라왔다. 그리고 커다란 회의실 문을 열고서 멈칫하며 표정이 굳어졌다. 회의실 안에서는 나와 인사 담당 매니저, 노조위원장, 그리고 이미 이 사건에 대한 모든 서류를 검토하고 증거자료까지 확보한 베트남 대형 로펌 소속 변호사 세 명이 내 옆에 함께 앉아 그 영업 매니저를 맞이했기 때문이다. 이날, 그 영업 매니저는 얼굴이 붉어진 채로 징계위원회의 결정과 업무상 문서 위조 내용을 시인하는 모든 서류에 서명을 했고, 현재 그는 베트남 공안에서 사문서 위조와 추가 혐의로 조사를 받고 있다.

처음 내 사무실에 불려 와서 사건 경위를 확인하던 날에 그 영업 사원이 제대로 잘못을 시인했다면, 또 나에게 폭언과 폭행을 당했다는 무고를 하지 않았더라면, 그리고 징계위원회가 열리던 날에 진심으로 용서를 빌었다면, 나는 베트남 공안에 그를 신고하지 않았을 것 같다.

토끼가 고양이로 변하는 베트남의 12간지

"아빠, 나는 이제 토끼띠 아니고 고양이띠다." 베트남에 들어온 지 이제 막 몇 달 지났을 무렵의 퇴근길, 아파트 현관에서 둘째 아이가 날 보고 싱글벙글 웃더니 본인이 고양이띠로 바뀌었다는 이상한 말을 한다.

"무슨 말이야? 토끼띠, 호랑이띠 이런 거 얘기하는 거야?" 날 보며 아직 웃고 있는 둘째 녀석에게 물었다.

"응, 오늘 선생님이 그러는데 베트남에 오면 나는 토끼띠 아니고 고양이띠가 된대. 그래서 나랑 내 친구들이 다 고양이띠로 바뀌었어. 되게 좋지? 나는 띠가 두 개야. 한국에선 토끼띠, 베트남에선 고양이띠."

안 그래도 고양이를 좋아해서 매일 고양이 사달라고 조르는 녀석인데,

자기 띠가 토끼에서 고양이로 바뀌었다고 엄청 좋아한다. 당시엔 아이의 말이 맞는 건지 좀 의심스러웠지만, 결론적으로 아이의 말이 맞는 것이었다. 다음날 회사에 와서 베트남 직원들과 얘기해보니 정말로 베트남에는 토끼띠가 없고 그 자리에 고양이가 들어간다고 한다.

베트남도 한국과 같이 12간지의 동물들이 있다. 그중 다른 동물들은 한국과 같거나 비슷한 동물인데, 유독 토끼띠만 전혀 다른 동물인 고양이띠로 바뀌었다. 소띠와 양띠도 각각 물소띠와 염소띠로 바뀐다고는 하지만, 딱 봐도 비슷하게 생긴 동물이니까 그런가 싶다. 그런데 비슷하지도 않은 토끼는 왜 고양이로 바뀌게 되었는지 궁금했다. 그래서 여러 베트남 사람들에게 물어보고, 인터넷을 뒤적거리기도 해 봤지만, 추측만 있을 뿐 정확하게 바뀐 이유를 아는 사람은 없는 듯하다. 그저 많은 사람들은 베트남에선 토끼보다 고양이가 더 친근한 동물이기 때문에 그렇다는 대답이었고, 인터넷에서 찾은 바로는 토끼와 고양이의 중국식 발음(토끼 묘_卯, 고양이 묘_猫)이 비슷하기 때문에 바뀌었을 것이라는 추측도 있었다.

한국에 살면서 '왜 고양이띠는 없는 거지?'라는 생각을 해본 적이 있다.

주변에서 가장 흔하게 볼 수 있는 동물인데 불구하고 12간지에 들어가지 않는 것이 이상하다고 생각했는데, 신기하게도 베트남에서 찾을 수 있었다. 이렇듯 한국과 베트남은 비슷하면서 다른 것이 하나씩 있다. 요즘 한국에서 이슈가 되고 있는 나이도 한국과 베트남은 비슷하면서 다르다. 이제 한국에선 만 나이만 사용하는 것으로 바뀠다지만, 지금껏 한국은 태어나면서 1살이 됐다. 그리고 다음 해가 되면 같은 해에 태어난 모든 사람은 한 살이 늘어나는 구조이다. 베트남도 똑같다. 다만 태어나면 1살이 아니고, 0살이 된다. 그 후에 해가 바뀌면 같은 해에 태어난 모두 1살씩 나이를 먹는다. 한국과 마찬가지로 상대에 대한 호칭이 중요하기 때문에 베트남에서도 나이를 중요하게 생각한다. 그래서 베트남 사람들도 누군가를 처음 만나면 나이를 묻는 경우가 있다. 나이를 묻고 나서는 바로 형, 동생을 따지기 때문이다. 그래서 한국과 같이 나이를 확인하는 것이 중요하다. 처음 만난 베트남 사람들과 대화를 할 때, 서로 나이를 묻고 대답하다가 한국과 비슷하긴 한데 조금 다르다는 것을 알게 되었다. 그래서 요즘에는 호칭을 확실히 하기 위해서 태어난 연도를 말하곤 한다. 그러면 바로 "아! 너는 무슨 띠구나."라고 대답이 나온다.

거래처 사장들도 나와 나이가 비슷할 것 같아 보이면 꼭 나에게 나이를 물어본다. 누가 형이고 동생인지 알아보고 싶어서 그럴 것이다. 뱀띠 사장님이 왔다고 뱀 요리를 해주는 분들이 종종 있다. 아예 상상의 동물인 용띠나 먹을 수 없는 원숭이띠였어야 하는데, 뱀띠라서 영업 다니기가 너무 힘들다.

베트남에 살면서 한국과 비교를 하게 된다. 많은 부분이 다르지만, 또 비슷한 점들을 찾으면서 신기하고 재밌는 경험을 하게 되는 것 같다. 이제 베트남에 들어와 살게 된 지 7년이 되었다. 처음 이곳에 왔을 때 유치원에 다니던 둘째 녀석은 이제 올해는 자기 해인 고양이의 해라고 좋아한다. 나중에 한국에 돌아가면, 토끼해를 보낸 친구들과 고양이해를 보냈던 얘기를 재밌게 할 수 있게 되길 바라본다.

베트남 사람이 좋아하는 새콤한 한국 굴

베트남에서 한국 제품으로 사업을 하고 있다 보니, 한국에 관심이 많고 한국 문화를 얘기하고 싶어 하는 거래처도 종종 있는 편이다. 간단하고 재미있는 이야기는 조금씩 베트남어로 하기도 하지만, 거래처와 사업상 상담을 하러 가게 되면, 통역을 할 수 있는 직원을 데리고 가야 하는데, 통역 직원이 알아들을 수 있도록 쉬운 단어를 선택해야 해서 베트남에 오래 살수록 한국어 어휘력이 점점 떨어지고 있는 것 같기도 하다. 고급 단어를 잘 쓰지 않게 되는 것 같다.

하루는 통역 직원을 사이에 두고 머리가 희끗희끗한 한 베트남 거래처 사장과 사업이야기를 하는데, 우기가 시작되어 비가 계속 쏟아지는 호수

위의 정자에서 맥주를 몇 잔 마시더니 한국에 다녀왔던 이야기를 시작했다. 이 사장과는 베트남 시골의 호수 위에 코코넛 잎으로 지붕을 만든 정자에서 함께 만났다. 비가 너무 세차게 내리쳐서 코코넛 잎 사이로 빗물이 떨어지면 어쩌나 싶었는데, 정자 안쪽으로는 한 방울도 들어오지 않고 코코넛 잎과 호수에 떨어지는 빗소리가 더 시원하기만 했다. 분위기가 좋아서 그런지 이 거래처 사장과 사업 이야기는 진작에 잘 마무리되고 계속 한국 얘기를 하고 있다. 한국에서의 경험이 너무 좋아서 스마트폰도 삼성이고, 가전제품도 다 한국 것으로 바꿨다고 하는 자랑인 듯 아닌 듯한 이야기도 늘어놓는다. 이 사장은 5년 전쯤 와이프와 함께 단체관광으로 한국에 다녀왔다고 했다. 눈 구경을 하고 싶어서 추운 겨울에 다녀왔는데, 베트남에서 샀던 겨울 파카보다 한국 시장에서 산 파카가 더 싸서 신기했다고 하며 말을 시작했다.

"한국에 갔더니 너무 재밌더라고요." 거래처 사장이 맥주를 권하며 한국 얘기를 다시 꺼냈다.

"어떤 게 제일 재밌으셨어요?" '한국 얘기를 오랫동안 들어야 되겠다.'라고 생각하며 나도 호응해 주었다.

"서울에 갔을 때, 시위하는 모습이 가장 기억에 남아요." 의외의 반응이었다. 가장 재밌는 것이 시위 구경이라고 대답한다.

"관광지가 아니라 시위가 제일 재밌었다고요? 그게 관광거리가 될 줄 몰랐네요."

"사람들이 다 똑같이 노래 부르고, 박수치고, 구호 따라 하는 게 너무 신기했어요. 시위하는 데서는 대통령 욕해도 아무런 일이 일어나지 않고, 오히려 경찰이 보호해 주더라고요. 하하하." 거래처 사장은 그 당시를 기억하면 웃음이 나는가 보다.

사람들은 본인에게 익숙하지 않은 상황을 볼 때 신기하고 재밌다고 생각하게 된다. 한국인인 나에게는 너무 익숙하고 늘 보던 장면이 베트남 사람에게는 재밌는 구경거리가 되었다. 하긴, 베트남에선 아무렇지 않은 오토바이 출퇴근이 관광객이 볼 때는 꼭 사진 찍어야 하는 장관이 되기도 한다. 어쨌든 이 사장에게 우리 회사와 거래 계속하고 한국에 함께 놀러가자고 얘기했더니, 꼭 시위가 있는 날 방문할 수 있게 해달라고 부탁을 한다. 사장님에게 다시 대답해 주었다. "한국에는 매일 시위가 있으니까 걱정하지 마세요."

"그럼 재밌는 거 말고, 한국에선 어떤 음식이 맛있었어요?"

"여러 가지 먹어봤지만, 그때 먹은 굴이 너무 맛있어서 가끔씩 다시 생각난다고 합니다." 통역하는 직원이 거래처 사장의 말을 대신 전해줬다.

"그렇죠, 베트남에도 있지만, 한국 굴이 훨씬 맛있죠." 베트남에서 먹는 굴은 한국 굴에 비해 좀 흐물흐물하고, 신선도가 떨어지는 게 사실이다. 종종 배탈이 나기도 해서 조심하고 먹어야 한다.

"네, 너무 신선했고, 새콤한 맛이 베트남하고 다르다고 합니다." 통역 직원이 얘기한다. 아마 상큼하다 또는 신선하다는 말을 새콤하다고 했을 것 같다. 통역하는 직원도 베트남 사람이기 때문에 통역된 말을 알아서 다시 해석해야 되는 경우가 있다. 비슷한데 한국에서 쓰지 않는 말을 하는 경우도 있고, 또는 단어 앞뒤를 바꿔 말하는 경우도 있다. 예를 들면, "한국 관광객이 다낭(Đà Nẵng)에 많이 오고 있습니다."라는 말을 "한국 관광자가 다낭(Đà Nẵng)에 많이 오고 있습니다."라고 하는 경우도 있고, "우리 제품의 기호성이 좋습니다."라는 말을 "우리 제품의 호기성이 좋습니다."라고 하는 경우도 있는데, 알아서 살펴 들으면 되는 경우다.

외국에서 일하면서 통역 직원과 이런 정도는 서로 감안하고 일해야 한다. 조금 더 심각한 경우로는, 한국과 비슷하지만 다른 아예 단어를 베트남에서 사용하는 경우가 있다. 베트남어도 중국에서 유래한 것들이 많아서 한국과 비슷하지만 아예 다른 단어들이 있는데, 예를 들면, 베트남어로는 '위임장'을 '소개장'이라고 한다. 그러면 직원이 나에게 와서 이렇게 얘기한다. "법인장님 소개장에 서명 하나 해주세요."

"소개장? 소개장이 뭐지?"

"네? 여기 소개장 있습니다. 법인장님이 저에게 대신 가라고 하셨으니까 소개장 필요합니다."

"아! 위임장!"

어쨌든, 지금 내 앞에서 맥주잔을 들고 있는 이 거래처 사장은 한국 굴에 대한 얘기를 계속하고 있다.

"베트남에 와서도 한국 굴이 가끔 생각납니다."

"네, 맞아요. 저도 겨울에 한국에 가면 굴을 꼭 먹고 옵니다."

"한국은 겨울에 굴을 엄청 많이 먹더라고요."

"그럼요. 한국에서는 바가지로 쌓아 놓고 먹어요." 손으로 산더미 모양을 만들며 얘기하자 베트남 사장이 크게 웃는다.

"하하하. 그러네요. 베트남에선 몇 개만 먹고 마는데, 한국에서는 다들 엄청 많이 먹는 것을 봤습니다."

"한국이 싸고, 많이 나는 것 같아요. 외국 사람들이 한국에 오면 많이 놀라더라고요." 한동안 유튜브에 외국인들이 한국에서 굴을 쌓아 놓고 먹는 콘텐츠가 많이 있었다.

"제주도에서 나는 게 제일 맛있다고 하던데 맞나요?"

"바닷가에서는 다 나오는데, 겨울에 제일 맛있죠. 저는 구워 먹는 것도 좋아하는데, 그렇게 드셔 보셨어요?'

"구워서도 먹을 수 있어요?" 이건 거래처 사장이 한 말이 아니라 통역을 하던 직원이 놀라서 물어본 말이다.

"응, 구워서도 먹을 수 있지. 그래서 초고추장에 찍어 먹으면 얼마나 맛있는데?"

"굴을요?" 다시 통역 직원이 의아해하며 되묻는다.

"베트남에서도 굴에 치즈 올려서 구워 먹잖아?"

"아··· 법인장님, 지금 굴이 아니라 귤을 얘기하는 겁니다." 통역 직원은 얼굴을 구겨가면서 어렵게 발음을 해 본다.

"귤이 뭐야? 꿀인가?" 나는 지금까지 꿀 얘기를 한 건가 싶어서 통역 직원에게 되물었다.

"아! 발음이 이게 아닌가요? ㄲ울을 얘기합니다."

"꿀? 귤? 지금 우리 무슨 얘기하고 있는 거야? 꿀이야? 아니면 우리 귤 얘기하는 거야?"

"아, 네 뀨울, 꾸, 귤, 그거 얘기하는 거 맞습니다. 오렌지. 꾸."

그렇다. 베트남에도 귤과 비슷한 과일이 있는데, 한국보다는 새콤하지 않고 달면서 조금 떨떠름한 맛이 있다. 그렇게 베트남 사람과 나는 5분 넘게 굴 같은 귤 얘기를 했다. 그리고 이렇게 서로 다른 얘기를 하고 있어도 신기하게 말이 이어서 될 때가 있다. 어쨌든 귤은 새콤한 게 맞다.

SPA
MINH HOA

우리 가족의 최애 휴가지, 한국

"나 다음 주에 한국 본사에서 회의 있어." 집으로 들어가 옷을 갈아입으며 와이프에게 말을 건넨다.

"그래? 그럼 올 때 우리 부모님 댁에 들러서 내가 사 둔 옷이랑 신발 좀 가지고 와." 와이프는 종종 한국 처가에 택배를 보낸다. 그렇게 쌓아 두고 있다가 내가 한국에 출장을 가거나, 우리 가족이 한국을 방문할 때 한꺼번에 가지고 들어온다. 이상하게 옷이나 신발은 한국이 더 싸다. 메이드인 베트남이라고 적혀 있는데, 베트남이 더 비싸서 처음엔 이상하게 생각하기도 했었다.

우리 얘기를 듣고 있던 애들이 자기도 한국에 가고 싶다며 난리가 났다. "너희들은 학교에 가야 되니까 다음에 방학이 되면 같이 가자."라고 겨우 화제를 돌린다. "이제 우리 저녁 먹자." 저녁 식사를 하고 와이프와 함께 동네 마트에 나왔다. 한국에 가면 양가 부모님께 드릴 선물을 좀 사려고 나온 것이다. 지난번에는 노니를 보내 드렸으니까 이번에는 캐슈넛과 마카다미아넛을 좀 사기로 한다. 조금 더 마트를 둘러보다가 베트남 커피도 샀다.

"벌써 집어넣게?" 와이프가 여행용 트렁크를 꺼내 거실 바닥에 깔아 놓는 내 모습을 보며 묻는다.

"응. 생각날 때 집어넣어 두려고. 이 정도 사이즈는 가지고 가야지 다시 돌아올 때 당신이 사 놓은 짐을 다 들고 올 수 있겠지?" 나는 가장 큰 트렁크를 바닥에 깔아 놓고 오늘 사 온 물건들을 바라보며 와이프에게 대꾸했다.

"그래. 또 부모님들이 뭐 챙겨 주실 수도 있으니까 큰 거 가지고 가봐." 그렇게 커다란 트렁크는 4분의 1 정도만 채워져, 열린 채로 덩그러니 거실바닥에 놓였다. 한국 출장은 아직도 일주일이 남았다. 그렇게 며칠 동안 조카들에게 줄 선물도 조금씩 넣어두고, 내 속옷, 양말 등도 생각날 때마다 던져두었다. 그래도 트렁크는 반도 차지 않는다.

한국에 가기 전날 밤. 초저녁부터 잠이 들었는데, 너무 일찍 잠을 잤나

보다. 밤 11시 정도에 눈이 떠졌다. 닫혀 있는 안방 문틈 사이로 불빛이 보인다. 거실에 불이 켜 있는 것 같다. 애들이 불을 끄지 않고 방으로 들어갔나 보다. 나는 안방 침대에서 일어나 거실로 나갔다. 아까 열심히 짐을 싸서 세워 둔 트렁크가 다시 바닥에 열린 채로 놓여 있었다. 내가 채워 놓은 짐은 옆에 다 빠져나와 있었다. '무슨 일이지?' 가까이 다가갔다. 트렁크 안에는 초등학교 1학년인 둘째 녀석이 몸을 웅크리고 들어가 있었다.

"너 여기서 뭐 해?" 나는 웃으며 큰 소리로 둘째에게 물었다. 자고 있던 와이프도 들으라고 크게 얘기했다.

"나 여기 들어가서 내일 아빠 따라 한국 가려고. 나 들어가도 되는 것 같은데. 봐봐!" 둘째가 대답했다.

"어머 얘 미쳤나 봐. 빨리 나와. 하하하하." 막 잠이 들려고 하던 와이프도 후다닥 뛰어나와 둘째를 보며 웃었다.

그때 조그맣던 아이들은 이제 다 사춘기가 되었다. "방학에 어디 갈까? 지난번에 다낭(Đà Nẵng) 다녀왔으니까, 이번에는 달랏(Đà Lạt)에 한번 가볼까? 아니면 태국이나 싱가포르 다녀올까?"라고 물으면, "한국 아니면 난 그냥 집에 있을 게. 엄마 아빠만 다녀와도 돼."라고 대답한다. 이

어린아이들도 모국, 고향에 대한 애착이 큰 것 같다. 심지어 대전에서 태어난 지 1개월 만에 타 지역으로 이사 갔다가 베트남에 나오게 된 둘째는 호치민(Hồ Chí Minh)에 사는 대전 출신 남자 친구들끼리 모임(대전의 건아들)을 만들어서 방학에 한국에 가면 대전에서 모임을 하기도 한다.

"넌 네가 대전 사람이라고 생각해?" 둘째에게 물었다.

"그럼. 나 거기서 태어났잖아. 할아버지, 할머니도 거기에 계시고." 둘째가 당연하다는 듯 대답한다.

"넌 태어나서 베트남에 더 오래 살았어. 너 베트남 사람 아니야?" 이제 초등학교 6학년인 둘째에게 다시 물었다.

"여기에 있다가 다시 한국에 들어갈 거잖아."

그래 맞다. 우린 언젠가 한국으로 돌아갈 거다. 여기에선 아무리 오래 살아도 이방인이다. 나도 우리 아이들처럼 종종 한국이 생각난다. 출퇴근길에 보이는 넓은 풀밭과 코코넛 나무, 또 초록의 고무나무를 보다가도 한국의 계곡과 플라타너스 나무, 은행나무로 된 가로수 길이 생각나고, 망고를 먹다가도 제철에 먹던 사과와 귤이 생각난다. 나는 언젠가는 돌아가야 하는 사람인가 보다.

5장

한국 주재원과 베트남 사람이 함께 만드는 이야기

POST CARD STAMP

베트남 직원에게 듣는 한국인 이야기

한국어를 잘하는 남자 통역 직원을 뽑기가 그렇게 어려웠는데, 의외로 쉽게 채용할 수 있게 되었다. 아는 형님이 한국으로 복귀하면서 소개해 준 베트남 직원을 채용하게 된 것이다. 원래 그전부터 알고 지내던 사이라서 편하게 최근 몇 주간 함께 출장을 다녀올 수 있었다.

오늘은 오랜만에 한국어를 할 수 있는 직원들과 함께 저녁식사를 할 계획이다. 우리 회사에는 통역 수준까지는 아니지만 한국어를 할 수 있는 직원이 통역 말고도 두 명이 더 있다. 생산팀의 끄엉(Cường)이라는 남자 직원은 한국에서 산업연수생으로 근무해 본 경력이 있어서 한국어를 좀 할 수 있고, 회계팀의 마이(Mai)라는 여자 직원은 한국어학과를 졸업했다. 새로 들어온 통역 직원 투(Thủ)까지 세 명과 함께 저녁 식사를 하러 나왔다. 회사 근처에 있는 베트남 식당으로 가기로 했는데, 염소 요리를 파는 식당이다. 베트남에는 숯불에 구워 먹거나 찜기 위에 올려놓고 쪄 먹는 염소 요릿집이 동네마다 많이 있다. 탕이나 카레 소스를 넣은 방식으로 요리한 것도 즐겨 먹지만, 오늘은 숯불구이와 찜으로 먹기로 했다. 베트남 사람들은 쫄깃하고 꼬들꼬들한 염소 껍데기를 씹는 식감을 좋아하는 것 같다.

"이 식당 오랜만에 와본다. 작년에 끄엉(Cường)이 소개해줘서 왔었잖아. 그렇지?" 생산팀 직원에게 물었다.

"네, 맞습니다. 법인장님 염소고기 좋아하시잖아요. 헤헤헤." 끄엉(Cường)이 웃으며 날 쳐다본다. 끄엉(Cường)은 나에게 말할 때마다 거의 웃는 투로 말을 끝낸다.

"그치. 베트남 음식 종류가 너무 많아서 어떤 건 적응이 잘 안 되는데, 그래도 이건 한국사람 입맛에도 괜찮은 것 같아." 이렇게 끄엉(Cường)에게 얘기하며 맥주를 한잔 따라 주었다. 두 손으로 잔을 잡고 계속 웃는 표정으로 나를 보고 있다. 편하게 행동하라고 해도 그는 잘 고치지 못 한다. 끄엉(Cường)이 한국에 산업연수생으로 나갔을 때, 비닐을 제조하는 공장에서 근무했다고 한다. 그곳의 사장은 항상 큰 목소리로 업무를 지시하곤 했는데, 끄엉(Cường)이 한국어 말귀를 빨리 알아듣지 못한다고 종종 구타를 한 모양이다. 끄엉(Cường)이 천천히 걸을 때는 티가 잘 나지 않지만, 그는 잘 뛰지 않는다. 한국 사장한테 몽둥이로 정강이를 맞을 때 부러진 다리가 제대로 치료되지 않아서 조금 불편해진 다리로 베트남에 귀국했기 때문이다. 베트남에 들어온 이후에도 한국 사람과 대화할 때는 항상 말끝을 웃음소리로 끝내고 늘 눈치를 살피고 있다.

새로 들어온 통역 직원에게 끄엉(Cường)의 이 이야기를 해주었다. 한국에서 힘든 일이 있었다고. 그리고 투(Thủ)에게도 이런 경험이 있었는지 물었다. 그 역시 있었다고 한다. 대학교 졸업 후에 한국 회사에서만 10년 넘게 일하고 있는데, 그중 한 회사의 상사가 시끄러운 공장에서 지시한 업무를 잘 못 알아들어서 다시 물어봤다는 이유로 공장 벽에 걸려 있던 안전모로 뒤통수를 맞았다고 한다. 그때 피 흘리며 병원에 갔었고, 그 후 다른 한국 회사로 옮겼다고 한다.

"뭐? 아니 투(Thủ)도 이런 일이 있었어?"

"네, 제 친구들도 이런 경험 많습니다. 한국 사람들하고 일하면 이런 일 많이 있어요." 투(Thủ)가 대답한다.

"마이(Mai)는 이런 거 없었겠지?" 옆에서 가만히 얘기를 듣고 있던 마이(Mai)에게 물었다.

"네, 제는 없었습니다. 그런데 다른 한국 회사 다니는 친구들이 이런 얘기 종종 합니다."

"그래? 이런 일들이 많아?"

"네, 제 친구들은 한국 상사들이 무섭다고 합니다. 그래서 '우리 회사 법인장님은 좋은 사람이야.' 그러면서 법인장님 페이스북도 보여줬습니다."

"하하하. 내 페이스북은 왜 보여줘?"

"베트남 직원들하고 잘 어울리는 사진 보여주고 싶었습니다. 하하."

"친구들이 뭐래? 법인장님 잘생겼다고 하지?"

"하하. 아니요. 친구들이 법인장님 사진 보더니, '너네 법인장은 종교가 있는 사람이라 착한 거야.'라고 했습니다. 다른 친구들의 대부분 한국 상사들은 무섭다고 합니다."

"와~ 진짜야? 그래도 너희들이 날 나쁜 상사로 안 봐줘서 고맙다."

"법인장님은 대신에 시말서 많이 받으시잖아요. 헤헤헤." 끄엉(Cường)이 나에게 말을 건다.

"하하하. 시말서라는 말도 아네? 그렇긴 하지. 내 서랍이 직원들한테 받은 경위서로 꽉 찼어." 그래도 처음보단 끄엉(Cường)이 나를 편하게 생각해 주는 것 같다.

베트남에서 일을 하는 것은 한국에서 하는 것과 같을 수가 없다. 한국 사람들과 일하던 때의 속도나 반응을 생각하고 업무 지시를 하면 여간 속이 터지는 게 아니다. 본인의 업무 범위를 벗어나는 일이라면 유사한 일이라고 해도 함께 처리할 융통성이 없다는 점에서도 큰 차이를 느끼게 된다. 그리고 언어가 잘 통하지 않는다는 점에서 한 번 더 좌절을 겪게 된다. 뭐든 빨리 해야 하는 한국 사람과 본인의 업무 범위까지 하려는 베트남 사람, 그리고 잘 통하지 않는 커뮤니케이션까지 더해져 대환장 파티를 연출하는 것이 베트남에서의 직장 생활이다. 이렇게 해외에서의 근무가 힘들기는 하지만, 이들과 함께 일하지 못한다면 결국 떠나야 하는 건 우리가 아닐까?

부잣집 현관에 박제된 내 사진

베트남에서 거래처 사장님들을 만나면 대놓고 자기 과시를 하시는 분들이 많다. 베트남에 온 이후 막 법인장이 되었을 무렵에 만난 한 거래처 사장님도 첫 미팅 자리에서 본인 자랑을 엄청 늘어놓았는데, 그 과시와 자랑 덕분에 그 사장님과 거래를 시작할 수 있었다. 우리 회사는 거래처가 다 시골에 있어서 나는 베트남의 시골 지역으로 출장을 자주 다니고 있는데, 그러다가 경쟁사의 대리점을 운영하고 있는 사장님 한 분을 만나게 되었다. 얼굴에 검버섯이 핀 완전 시골 할아버지였는데, 본인이 이 지역의 축산협회 회장이라서 월간 판매량이 어마어마하다고 자랑을 늘어놓으셨다. 그 말을 듣고 나서, 나는 바로 그분과 그분의 동업자를 호치민(Hồ Chí Minh)에서 제일 좋은 호텔 중의 하나인 '롯데 레전드 호텔'로

모셨다. 시골에서 호텔까지 회사 차량으로 픽업을 하고, 호텔에서 하룻밤 머물 수 있도록 예약도 해 두었다. 그리고 호텔의 회의실을 빌려 우리 회사 매니저들이 회사 소개를 하게 하고 대형 거래처에 걸맞은 거래 제안도 했다. 그 후에 저녁식사를 하는데, 그 사장님이 사실을 털어놓았다.

사실, 본인이 그 지역에서 단체를 만들기는 했는데, 아직은 회원이 둘밖에 없다고 한다. 본인과 동업자 말고는 없다고 하신다. 그런데 회원이 늘어나면, 이전에 본인이 얘기한 만큼의 판매를 올릴 수 있다고 했다. 그냥 나와의 첫 만남에서 자기 과시하려고 좀 부풀려서 말했는데, 당시에 법인장 초짜인 내가 너무 극진히 대접해줘서 부담스러웠던 모양이다. 나는 그 얘기에 당황했지만, 사장님이 더 많은 회원 확보해서 성공하실 수 있도록 우리 회사가 열심히 돕겠다고 대답했다. 그리고 지금, 그 사장님은 우리 회사의 열성 고객이 되셨다. 한두 달에 한 번 정도 계속해서 그 대리점을 방문했다. 처음 방문했을 땐 우리 회사 제품이 5%였고 경쟁사 것이 95%였는데, 방문할수록 우리 제품의 비중이 늘어나더니 지금은 우리 것이 95%로 바뀌었다.

이 사장님은 나이 드신 분이라 그런지 보양식을 엄청 좋아하신다. 그래서 내가 방문하면 대리점 창고에서 협회 회원들과 함께 보양식을 먹는다. 일반적인 베트남 요리가 아니라 약초를 넣은 닭백숙, 가물치 찜, 염소 전골 등 보양식만 대접해 주신다. 뱀 요리, 고양이 요리도 준비하겠다고 하시는데, 제발 거기까지는 가지 말아 달라고 부탁을 드렸다. 난 염소 요리 정도가 제일 좋다고 했더니 몇 달간 염소 요리만 해주기도 하셨다. 또 독한 술을 본인이 직접 담으셔서 생수통에 가득 담아 오시는데, 도대체 무엇으로 만든 건지 도수가 몇 도인 지를 모르겠다. 동남아에서 출처 불명한 술을 마시고 문제되는 뉴스가 종종 나오기 때문에 내가 술을 사가지고 방문하고 있다. 또 값이 싼 술을 사 가면 본인이 담근 술을 다시 꺼내 오기도 하셔서, 늘 사장님이 좋아하는 시바스리갈을 사 들고 간다.

이렇게 친분을 쌓으면서 거래를 하는 중에 진짜로 협회 회원들이 늘어나기 시작했다. 처음엔 회원 둘과 나만 모여서 회식을 했는데, 얼마 전엔 함께 버스를 빌려 여행을 다녀오기도 할 정도의 인원이 모였다. 덕분에 우리 회사의 매출도 함께 증가하고 있다. 하루는 연말 송년회를 하러 그 대리점 사장님 집으로 갔는데, 이전에 나와 함께 찍은 사진을 집 현관 입구에 떡하니 걸어 두었다. 아니, 걸어 둔 게 아니라 현관 외벽을 파서 대형 액자를 집어넣었다. 이걸 넣으려고 현관 리모델링 공사를 했다고 한다.

▶ 거래처 집 현관에 붙어 있는 내 사진

"와! 사장님 이거 뭐예요?"

"내가 임 법인장 만나서 사업이 잘됐으니까 하나 걸어 뒀지."

"이제 우리와 거래 계속하셔야 되겠네요. 거래 중단되면 집 리모델링 다시 해야 하잖아요." 그렇게 한참을 웃었다.

베트남 시골을 자주 다니면서 보는 풍경은 끝없이 이어진 평야와 농작물들 그리고 고무나무밖에 없다. 편의시설이나 슈퍼 하나 없는 이 시골에서 베트남 사람들은 도대체 하루 종일 뭘 하고 지낼까 생각이 든다. 이런 이유로 동네 사람들과, 또 거래처와 만날 기회를 자주 만들고 싶어 하는 것 같기도 하다. 특히 외국인인 내가 방문하는 것을 재밌는 행사로 여기는 것 같다. 그래서 집에 자주 드나드는 외국사람에 대해 동네 사람들과 얘기하고 싶어서 내 사진을 걸어 둔 것 같기도 하다. 아니면 점점 늘어가는 협회 회원들에게 나와의 친분을 더 과시하고 싶었을 수도 있다. 이렇게 오늘도 난, 이 시골 할아버지 사장님에게 재밌는 이야깃거리를 하나 더 만들어주고 있다.

사장님 뚠뚠졌어요

내가 매일 출근하는 공장은 호치민(Hồ Chí Minh)에서 자동차로 1시간 30분 떨어진 거리에 위치해 있다. 날마다 긴 시간을 출근하는 것이 불편하긴 하지만, 무엇보다 점심 식사를 해결하는 것이 여간 불편한 게 아니다. 우리 회사와 같은 공단에 위치한 몇몇의 한국 회사는 같은 회사 안에 여러 명의 한국 사람이 근무하고 있기 때문에 구내식당에 한국 요리를 할 줄 아는 사람을 고용해서 점심식사를 해결하곤 한다. 하지만 나 같은 경우, 공장에 한 명인(지금은 두 명이 되었지만) 한국 사람을 위해서 따로 한국 요리를 준비하기는 어렵다. 그래서 한동안은 공장에 있는 식당에서 베트남 음식을 먹기도 했는데, 이제 좀 지겨워졌다.

그래도 다행히 나 같은 사람을 위해 공단에서 10분 거리에 한국 식당이 있다. 반경 30분 거리 안에 딱 한 곳이 있는데, 음식의 질을 떠나서 일단 한국 음식점이 있다는 것 자체가 감사할 뿐이다. 점심마다 그 음식점에서 식사를 하고 한 달에 한 번 정산하는 방식으로 구내식당처럼 이용하고 있는 곳인데, 넓은 홀과 2개의 방을 합쳐서 20개 이상의 테이블이 있는 작지 않은 규모의 한국 음식점이다. 나는 보통 김치볶음밥이나 해물순두부, 제육볶음 같은 메뉴를 시킨다. 가끔 라면과 김밥을 먹을 때도 있다. 매일 점심시간, 10분 정도 차를 탄 뒤 도착하는 식당의 커다란 통유리 문을 밀고 들어가면, 정면 카운터에는 한국인 남자 사장님과 베트남인 부인이 앉아 있고, 대학생 정도 나이가 되어 보이는 베트남 여자 종업원 3~4명이 "안녕하세요."라고 한국말로 인사를 한다. 한국어에 관심이 있는 종업원들이 많아서 어제 배운 한국어로 한마디 걸어보려고 노력하는 종업원도 있고, 우리 회사에 취직하고 싶다고 말하는 종업원이 있기도 하다.

오늘 점심도 여느 때와 같이 30도 중반을 오르내리는 무더운 날씨다. 빨리 건기가 끝나고 우기가 돌아오면 좋겠다고 생각하며 따끈한 통유리의 투명 플라스틱 손잡이를 밀면서 식당으로 들어섰다. "안녕하세요, 안녕하시요, 안냐세요." 소리가 한꺼번에 섞여서 들려오고, 웃으며 나와 눈을 마주친 한 종업원이 내가 항상 앉는 에어컨이 켜 있는 방으로 안내하며 방문을 열어준다. 네 개의 나무 테이블이 놓여 있는 커다란 방에는 오늘도 역시나 나 혼자밖에 손님이 없다. 매일 올 때마다 느끼는 거지만, 손님보다 종업원이 많은 날이 절반은 되는 것 같다. '이래서 장사가 되는 건가?' 싶긴 하지만, 여기가 망하면 나도 밥 먹을 곳이 없어진다는 생각에 매일 부지런히 출근 도장을 찍고 있는 중이다.

"사잔님, 메뉴 여기." 독학으로 한국어를 배우고 있다는 여자 종업원이 오늘도 반말로 나에게 메뉴판을 건넸다. 이 종업원은 종종 이렇게 단어들만 나열해서 얘기하는데 어쨌든 다 알아들을 수는 있다. '오늘은 뭐 먹지? 어제는 김치볶음밥 먹었고, 그제는 뭐 먹었더라?' 이틀만 지나도 뭐 먹었는지 기억도 못할 거면서 또 열심히 메뉴를 고르고 있다.

"엠 어이!" 베트남어로 동생이란 호칭의 말로 종업원을 부르고 손가락으로 해물 순두부 사진을 가리켰다.

"네." 종업원이 확신에 찬 목소리로 대답한다. 얼마 전엔 손가락으로 가리키지 않고 그냥 말로만 시켰더니 다른 메뉴가 나온 적이 있었다. 여기선 이렇게 메뉴 선택과 상관없이 랜덤 박스처럼 음식을 받게 될 확률이 가끔 있다. 하지만 오늘은 확실히 무슨 메뉴인지 알겠다는 확신에 찬 종업원의 목소리를 들었으니 제대로 된 해물 순두부를 받을 수 있을 것 같다. 그렇게 잠시 후 그 종업원은 내 테이블로 돌아와 밑반찬을 하나씩 내려놓으며 말을 건넸다. "사잔님!"

"어? 왜? 뭐 할 말 있어?" 나에게 미소를 보이며 뜸 들이고 있는 종업원에게 무슨 일이냐고 다시 물었다.

"네. 사잔님 뚠뚠졌어요." 이렇게 말하고 고개를 푹 숙이고서 킥킥대며 웃고 있다.

"뭐? 뚠뚠진 게 뭐야? 뚱뚱해졌다고?"

"네. 사잔님 옛날 날씬였는데, 지금 뚠뚠졌어요. 옛날 잘생긴인데, 지금 못생긴이에요. 하하하하."

"엥? 뚱뚱해져서 못생겼다고?"

"아니? '못생긴' 아니고, 지금 조금 '잘생긴'이에요." 못생겼다는 말이 맘에 걸렸나 보다. 조금 덜 잘생겼다고 말을 바꿨다. 나는 지난번에 김치찌개 대신 김치볶음밥 나왔던 거 식당 사장님한테 컴플레인 안 하고 그냥 먹어줬는데, 이 종업원은 오늘 나에게 모욕감을 줬다.

아마도 '뚱뚱하다', '날씬하다'라는 단어를 배웠나 보다. '언젠가 한번 써 먹어야지.'라고 생각하고 있다가, 오늘 나에게 써먹은 것 같다. 외국어를 배우면 재밌는 일들이 생긴다. 괜히 한 마디씩 해보다가 외국인인 상대방이 마법처럼 진짜 그 말에 반응해 움직이면 더 재밌어진다. 이렇게 또 다른 세계에 있는 사람들과 연결되는 도구를 사용하는 것 같은 느낌이 재밌어서 나도 외국어 배우는 것을 좋아한다.

코로나가 끝난 후, 오랜만에 이 식당으로 다시 점심을 먹으러 왔다. 그때 그 대학생 직원은 보이지 않고 또 다른 종업원으로 채워져 있었다. 그 종업원이 계속해서 한국어를 배우고 있으면 좋겠다. 그래서 언젠가 한국이라는 세계와 연결되는 또 한 명의 베트남 사람이 될 수 있기를 바라본다.

남의 잘못을 내게 묻는 이유

하루는 아침 매니저 회의 시간에 영업 부서의 매니저가 고객의 불만사항을 전달한다. 우리 회사의 제품을 사용하고 나서 물고기가 죽었다는 양식장이 있다는 얘기였다. 얘기를 들으면서 우리 제품을 먹고 어떻게 물고기가 죽는다는 건지 좀 황당한 느낌이 들었는데, 옆에서 듣고 있던 R&D 매니저가 우리 제품 탓이 아니니 걱정하지 말라며 나에게 말을 건넨다. 처음 얘기를 꺼낸 영업 부서의 매니저도 역시 같은 취지의 이야기를 이어 나갔다. 거래처가 그렇게 주장하지만, 우리 제품 때문에 물고기가 죽은 것이 아니니까 제품 탓을 할 필요는 없다고 한다.

"물고기가 다 죽었다면서? 우리 탓이 아니라면 다행이지만, 왜 죽은 건데?" 테이블에 앉은 매니저들에게 물었다.

"그 강 상류에서 댐을 방류해서 많은 양식장들이 피해를 입었다고 합니다." 매니저들이 입을 모아 얘기한다. "그래? 그런데 왜 우리 제품이 나빠서 죽었다고 하는 거야?" 영업 매니저의 눈을 바라보며 내가 다시 물었다. "아마 정부에서 보상이 없을 것 같으니까, 혹시 회사에 얘기하면 조금이라도 도움을 받을 수 있지 않을까 하는 기대를 하는 것 같습니다."

물론 그 거래처가 괘씸하긴 했지만, 역시 확인을 잘해야 한다는 생각을 하며 그냥 지나 보냈다. 그리고 얼마 뒤 다시 이 장면을 떠올리게 하는 사건이 발생했다. 이번에도 매니저 회의 시간에 얘기가 나왔다.

"라응아(La Ngà) 지역의 댐에서 방류가 있어서 하류에 있는 양식장들이 피해를 입었습니다. 이번 달 해당 지역의 매출 하락이 예상됩니다." 영업 매니저가 말을 꺼냈다. 라응아(La Ngà) 지역이라고 하면 이전에 컴플레인이 있던 그 지역이다.

"아니, 또 거기서 댐을 방류했어? 이번에 태풍 때문에 비가 많이 오니까 했나 보네. 그런데, 이번에도 사전에 고지 안 했대?" 영업 매니저에게 물었다.

"네, 발전소가 댐 방류하는 동시에 공지해서 어민들만 빠져나오고, 물고기는 거의 다 죽었습니다."

"그래? 미리미리 공지할 수 없는 건가? 그리고 피해를 입었으면 보상해줘야 되는 거 아니야?" 내가 물었지만 매니저들 모두 대답이 없다.

"알겠어. 그래도 이번엔 우리 때문에 죽었다고 안 해서 다행이네."

"이번에는 우리 영업사원들이 미리 가서 피해 상황을 확인했는데, 그런 얘기는 없었습니다. 다만, 외상 대금 상환을 조금 뒤로 미룰 수 있게 해달라고 합니다. 그리고 법인장님이 한번 방문해서 구호품을 전달해 주면 좋겠다고 합니다."

이번 방문에는 신문 기자도 함께 동행하기로 했다. 아무래도 언론에 이런 피해 상황이 보도되어야 다음에 댐 방류할 때는 조금 더 조심해서 할 것 같다는 생각이 들었다.

양식장이 있는 시골 동네의 한 카페에서 회사의 영업사원들과 신문 기자를 만났다. 커피가 연유 위로 똑똑 떨어지는 베트남 연유 커피를 바라보면서, 현재 상황에 대한 영업 사원들의 이야기를 들었다. 영업사원들은 신문 기자에게도 내용을 설명해 주었다. 신문 기자인데 수첩도 없이 A4용지를 두 번 접어서 4등분된 종이 쪼가리에 우리의 대화를 적고 있다. '뭔가 신뢰가 안 가는 것 같은데.'라고 생각하며 바라보고 있는데, 옆에서 통역 직원이 내 눈치를 보고 있었나 보다. "신문 기자 차림이 그냥 동네 아저씨 같습니다. 근데 베트남 신문 기자는 보통 이런 모습이에요." 라고 말한다. '하하' 웃으면서 같이 차를 타고 양식장으로 이동했다.

양식장에 도착하니 강가에 죽은 물고기의 썩은 냄새가 가득하다. 그중 우리 제품을 사용하던 양식장으로 들어갔다. 이미 근처 양식장의 사장들 여럿도 함께 모여 있었다. 신문 기자가 온다고 하니까 하고 싶은 얘기들이 있는 것 같았다. 그들과 인사하고 우리 거래처의 피해 상황을 들었는데, 모든 물고기가 죽었다고 한다. 여기 모여 있는 모든 사람의 양식장과 이 강에서 물고기를 키우는 수십 가구의 상황이 모두 같다고 했다. 댐 방류 얘기를 듣고 나서는 그저 몸만 대피해 나왔다고 말한다. 그리고 다음 날 아침에 돌아와 보니 양식장의 물고기들은 모두 죽었고, 그물과 같은 양식 도구와 물품들이 피해를 입기도 했다. 양식장 사장은 눈물을 글썽였다. 신문기자는 이 상황을 들으며 4등분한 A4용지에 적고 있다가 본격적으로 인터뷰를 하기 시작했다. 그래도 진지한 인터뷰를 할 때는 스마트폰으로 녹취를 하며 동영상을 찍었다.

'열심히 얘기 많이 하시네. 할 얘기가 많으시겠지.' 하면서 뒤에 앉아서 인터뷰하는 모습을 바라보고 있는데, 통역 직원이 나에게 묻는다.

"한국도 이런 일이 있습니까?"

"한국이었으면 미리 통지했겠지. 이런 상황 생기면 신문에 나오고 시위도 하고 난리 날 거다."

"그렇습니까? 미리 통지를 합니까?"

"그렇지, 하다못해 북한도 댐 방류하기 전에 남쪽에다 알려주는데, 또 만약에 갑자기 댐 방류해야 되는 상황이면 피해 보상이라도 해줬겠지."

"아! 그렇군요."

우리 회사의 거래처 사장과 한참 동안 인터뷰를 하던 신문 기자는 대화를 마친 뒤, 다른 양식장 사장들과 인터뷰를 하며 여러 기록을 남겼다. 또 강의 유속을 동영상으로 찍어 남기고, 현장의 많은 사진들을 찍었다. 이렇게 양식장 사장과 인터뷰를 마치고 돌아오는데, 이전에 우리 회사에 보상을 요구했던 거래처가 생각났다. 당시에는 우리 회사를 만만하게 보고 말도 안 되는 보상을 요구했다고 괘씸하다는 생각만 했는데, 어쩌면 얘기를 들어줄 리가 만무한 상대보다는 얘기가 통할지도 모른다고 생각한 게 우리 회사였을 수도 있겠다는 생각이 들었다. 그때는 이렇게 거래처에 찾아와서 얘기 들어줄 생각을 못했는데, 이제는 거래처에도 조금 여유 있게 다가설 수 있게 된 것 같다. 물론 이렇게 찾아온다고 해서 뭔가 확실한 해결책을 줄 수는 없지만, 얘기를 들어주고 아주 조금이라도 해결의 실마리에 다가갈 수 있게 해준 것만으로도 감사한 일이다.

며칠 후에 회사 직원이 신문기사 링크를 보내주었다. 허름해 보이던 베트남 신문 기자는 그날 우리와 인터뷰를 한 이후에 정부 기관과 발전소에 추가로 취재를 한 모양이다. 지방 정부는 피해 어민에게 피해를 보상을 할 예정이라는 내용이 포함된 기사가 나오게 되었다.

▶ 기자의 현장 취재 장면

실패가 성공이 되는 달랏(Đà Lạt) 출장

'영업은 지뢰 찾기 게임하는 것 같다.' 달랏(Đà Lạt) 출장을 떠올리면 생각나는 말이다. 베트남 중남부 산악지대인 달랏(Đà Lạt)은 베트남 사람들이 사랑하는 관광지이다. 한국으로 치면 대관령 같은 청정, 자연과 같은 것들이 연상되는 지역이기도 하다. 실제로 베트남에서 달랏(Đà Lạt)의 채소는 더 비싼 가격에 팔리기도 한다. 최근에는 한국에서도 직항이 생기며 관광지로 부상하고 있는 곳이다.

한 한국의 유통 대기업에서 연락이 왔다. 달랏(Đà Lạt)에서 축산물을 만들어 함께 베트남에 유통시키면 어떻겠냐는 연락이었다. 나는 당연히 가능하다며 미팅 약속을 잡았다. 그렇게 호치민(Hồ Chí Minh) 시내에서 첫 미팅을 마친 뒤에 축산물 유통을 위한 콘셉트를 잡고, 같이 노력해보기로 했다. 한국과 같이 친환경 축산물을 유통하는 것인데, 아직은 어려운 점이 많으니 일단은 무항생제 축산물을 시도해보기로 했다. 베트남은 아직 축산물에 항생제를 많이 사용하기 때문에 무항생제로 마케팅을 해도 반응이 있을 것 같다는 의견에 서로 공감했다. 그리고 두 회사가 함께 달랏(Đà Lạt)을 방문했다. 호치민(Hồ Chí Minh)에서 달랏(Đà Lạt)까지는 비행기로 40분가량, 그리고 자동차로는 6시간가량 걸린다. 우린 달랏(Đà Lạt) 근처의 농장과 도축장들을 방문하며 올라가느라 자동차로 10시간을 이동했다. 이런 방식으로 10번 넘게 다닌 것 같다. 달랏(Đà Lạt)에 올라가며 10시간을 보내고, 하루 잔 뒤에 다시 6시간이 걸려 호치민(Hồ Chí Minh)에 내려왔다. 농장과 도축장들은 길가도 아니고 비포장된 시골길로 한참을 더 들어가야 하기 때문에 흙먼지 날리는 울퉁불퉁한 길을 다니느라 허리가 아팠다. 그 유명한 관광지인 달랏(Đà Lạt)에 도착하면 한밤중이 되고, 몸은 녹초가 되어 자러 가기 바쁜 출장을 수차례 다녔다. 나중에는 몸에서 제일 살이 많은 엉덩이가 멍들었다. 고등학생 때 선생님한테 몽둥이로 맞아본 이후에 처음이었다. 그래도 재밌게 일했다. 유통 업체와 함께 다니면서 브랜드 유통 계획을 세우고, 가격 얘기를 하고, 브랜드명도 함께 생각하며 농장주, 그리고 도축업자들을 만나 차를 마시고 밥을 먹었다. 실제로 더 구체적인 얘기들이 진행돼서 달랏(Đà Lạt) 대학교와 MOU를 체결하고 지방정부 관계자들을 만나면서 조금씩 더 구체화되기 시작했다.

그리고 실패했다. 이렇게 노력했는데, 결국에 이 사업은 진행되지 못했다. 역시 열심히만 해서는 소용이 없었다. 유통업체와 마지막 달랏(Đà Lạt) 방문을 할 때는 비행기를 타고 이동하기로 했다. 호치민(Hồ Chí Minh) 공항에서 만나 같은 비행기를 타고 이동하기로 약속을 잡았다. 공항의 베트남항공 카운터에 만나서 체크인을 하는데 나는 체크인을 할 수 없었다. 체크인 규정이 변경돼서 무조건 여권을 제출해야 한다는 것이었다. 지난번까지 나는 한국의 주민등록증 같은 베트남의 거주증을 제출했었다. 베트남 국내 여행에서는 이처럼 베트남 거주증으로 탑승했는데, 이제부터 안 된다고 한다. 한 번만 봐 달라고 해도 절대 탑승할 수 없다며 뒤로 나가라고 했다. 난감했다. 나와 함께 출장 가는 유통업체 대표는 출장 일정을 바꾸자고 제안하는데, 나 때문에 미안한 상황을 만들기 싫었다. 대표님 먼저 출발하고 나는 여권을 다시 받겠다고 얘기했다. 그리고 와이프에게 전화를 걸었다. 베트남도 한국 못지않은 배달 문화가 발달되어 있다. '그랩(Grab)', '배달의 민족' 같은 회사들이 유명한데, 나는 그랩(Grab) 오토바이를 불러 여권을 배송시켰다. 한국의 오토바이 퀵서비스 같은 방식이다. 아무래도 자동차보다 빠르게 도착했다. 그렇게 겨우 비행기를 탈 수 있었다. 그리고 그동안 진행하려고 했던 축산물 유통사업을 마무리하고, 시내 관광도 조금 할 수 있었다. 이렇게 유통업체와 종료 미팅을 마친 뒤에 다음날 호치민(Hồ Chí Minh)으로 돌아왔다.

▶ 달랏(Đà Lạt)

"법인장님! 이전에 달랏(Đà Lạt)에서 방문했던 농장주가 연락을 했는데, 우리 회사 제품을 사용해보고 싶다고 합니다." 나와 함께 달랏(Đà Lạt) 출장을 다니던 통역 직원이 보고했다. 이 농장뿐 아니라 다른 곳에서도 미팅을 해보자고 연락이 왔다. 나는 다시 바쁘게 달랏(Đà Lạt) 출장 일정을 잡기 시작했다. 그리고 그동안 우리 회사가 영업하지 않던 지역들의 신규 거래를 만들어 낼 수 있었다. 외부의 유통업체와는 거래가 잘 되지 않았지만, 의도하지 않았던 다른 거래들이 생겨났다. 영업부에 연락하고 영업사원을 배치했다. 공백 지역이었기 때문에 새로운 직원이 배정되어 신규로 판매량이 잡히기 시작했다.

달랏(Đà Lạt) 출장을 마치고 내려오는 차 안에서 통역 직원에게 얘기했다. "난 우리가 영업하는 게 꼭 지뢰 찾기 하는 거랑 비슷한 것 같아. 그거 알지? 윈도우에 기본으로 깔려 있는 게임, 지뢰 찾기. 하나씩 네모 칸을 누르면 한 칸씩 열리거든. 그런데 어떨 때는 한 공간이 열리기도 해. 어떤 칸을 눌러야 공간이 생기게 될 지 알 수 없지만, 어쨌든 한 칸씩 꾸준하게 누르는 게 중요한 것 같아. 우리도 한 칸씩 계속 누르면서 꾸준히 다녀보자고."

"네. 법인장님. 그런데 지뢰 찾기가 뭔지 모르겠는데요." 통역 직원이 대답했다. 그래, 일단은 나만 이해하는 걸로 해야 되겠다.

모두가 선물을 받는 베트남의 설날

"근데 여보는 왜 명절에 선물을 안 가져와? 한국에서는 가지고 왔었잖아." 베트남의 설명절인 뗏(Tết)을 앞두고 와이프가 물었다. 베트남도 한국과 같이 음력 설날(뗏, Tết)을 연중 최대 명절로 보낸다. 사실 이 뗏(Tết) 연휴를 제외하고는 제대로 된 명절이 없다. 추석이 있긴 하지만 쉬는 날은 아니기 때문에 뗏(Tết)에 비하면 큰 명절 같은 분위기가 없다. 뗏(Tết) 연휴에는 보통 일주일 정도의 공식적인 휴일을 지낸다.

"뭐 별로 가져올 만한 게 없어. 그냥 직원들 다 나눠주고 있고, 나중에 괜찮은 거 들어오면 좀 가져올 게. 대표님하고 같이 출근해야 돼서 일찍 나간다." 평소보다 일찍 출근하며 와이프에게 대답했다.

올해의 뗏(Tết) 연휴가 일주일 남아 있다. 그리고 지금 한국에서 대표이사가 출장을 나와 있다. 아침에 대표이사가 묵고 있는 호치민(Hồ Chí Minh) 시내의 호텔로 가서 대표이사를 데리고서 회사로 출근하고 있다. 코로나 이후 처음 나오는 베트남 출장에 여러 가지 묻고 싶은 게 많은 것 같다. 차를 타고 회사로 나가는 1시간 30분 동안 계속해서 질문이 이어진다.

"대표님. 이번에 대표님이 와 계신 동안에 회사 송년회를 하려고 합니다. 그래서 오늘 오후에 공장에서 송년회 준비를 하고 있어요. 대표님께서 인사 말씀 잠깐 준비해주세요." 검은색 신형 카니발을 타고 이동하며 대표님의 계속된 질문에 대답한 뒤에 오늘 일정을 설명했다. 이미 한 차례 설명해 두었기 때문에 알고는 있었지만, 한 번 더 일정을 얘기한 것이었다. 회사에서는 매년 뗏(Tết) 연휴 전에 송년회를 한다. 아무리 양력으로 새해가 되었어도 뗏(Tết)이 지나지 않으면 아직은 새해가 되지 않은 것으로 치기 때문이다. 이번에는 대표님이 들어와 있는 오늘, 송년회를 준비했다. 대표이사는 출근길에 보이는 오토바이와 한국과 다른 신호체계에 놀라면서 계속 저것 좀 보라며 나에게 말을 건다. 내가 처음 베트남에 와서 했던 행동과 똑같다. 처음 출장 오는 사람들은 다들 같은 반응이다. 오토바이 행렬을 사진 찍으며 놀란다. 더군다나 지금은 연말연시 분위기라서 호치민(Hồ Chí Minh)의 길거리가 반짝거리고 있다. 샛노란 또 샛초록 빛깔들이 거리에 가득하고 저녁이 되면 네온으로 온통 어지럽기까지 하다. 확실히 한국과는 다른 감성이다. 또 한국은 한겨울인 지금, 여기서는 반팔을 입고 다니며 설날 분위기를 내고 있는 것을 보면서 대표이사는 더욱 신기했을 것이다.

▶ 뗏Tết의 베트남 거리 분위기

▶ 베트남 뗏Tết의 이미지

회사 입구에는 직원들이 만들어 놓은 플래카드가 걸려 있다. "대표님의 베트남 방문을 환영합니다."라고 되어 있다. 그 옆으로 한국 국기와 베트남 국기가 펄럭이고 있다. 경비가 거수경례를 하고 우리 차는 사무실 앞에 정차한다. 오늘 송년회 행사 준비를 위해서 공장 한편에는 작은 무대도 만들어 놓고, '새해 복 많이 받으세요.'와 같은 의미의 베트남 글자로 배경도 만들어 놓았다. 한국에서 대표이사가 왔다고 더 준비를 많이 한 것 같기도 하다.

이렇게 회사에 도착해서 나와 더 얘기를 나눈 뒤에, 대표이사는 또 다른 한국인인 부법인장과 얘기하러 나갔고, 난 결재를 받으러 온 총무 매니저와 함께 사무실에 있다. 2년 전에 새로 들어온 총무 매니저는 나와 동갑인 여자 매니저다. 기존의 롱(Long)이 그만둔 이후에 들어왔다.

"무슨 결재받으러 온 거야?"

"뗏(Tết) 보너스 결재입니다." 총무 매니저가 대답했다.

"지난번에 하지 않았어?" 이미 결재가 난 것을 나는 기억하고 있다. 베트남은 구정, 그러니까 뗏(Tết)을 맞이해서 보너스를 지급하는 것이 일반적이다. 베트남의 사람들은 이를 13번째 급여라고 부르기도 한다. 최대 명절을 맞아 명절 보너스로 지급하는 성격의 상여금인 것이다. 참고로 추석에는 별도로 지급하는 것이 없고, 한국과는 다르게 회사에서 따로 지급하는 퇴직금도 없어서, 일반적인 경우에는 월 급여 외에 받을 수 있는 유일한 보너스이다. 명절 상여금이 그만큼 중요한 것이기 때문에 지급 결재한 것을 기억하고 있다.

"네. 지난번에 하셨어요. 그런데 법인장님 것은 지급 계획이 없기 때문에 확인하러 왔습니다. 제가 생각할 때는 법인장님이 명절 보너스를 받아야 합니다." 여자 매니저는 결재판을 내 앞으로 내밀었다. 우리 회사의 한국 사람인 내 이름과 부법인장 이름이 적혀 있다.

"나는 급여 체계가 달라. 나는 한국에서 별도로 책정할 거야." 이 직원이 들어온 지 몇 년 되지 않아서 잘 모르는 것 같다.

"아니요. 받으셔야 됩니다. 여기에서 제일 고생하는 분인데 왜 안 받으십니까? 한국에서 대표이사님 들어오셨으니까 얘기 한번 해 보세요. 법인장님이 안 받으시면 저도 안 받겠습니다." 이후로 몇 분간 총무 매니저와 추가로 더 얘기를 나눴다. 나는 여기서 받을 필요 없다고 설득했고, 눈이 빨갛게 된 총무 매니저는 결재서류를 들고 나갔다. 나를 생각해 주는 것이 고마워서 마음이 따뜻해졌다. 이제 베트남 직원들과 마음을 나누는 사이가 된 것 같단 느낌이 들었다.

▶ 뗏Tết 행사에 쓰인 선물

▶ 뗏Tết 행사 전 세뱃돈 나눠주기 행사

오후가 되어 송년회가 시작되었다. 공장에서 일하는 생산직원들과 관리직원들 그리고 영업사원들이 함께 공장 마당에 모였다. 모두 동그란 스테인리스 의자에 앉아 무대를 바라보고 있다. 나와 한국에서 온 대표이사가 인사말을 한 뒤에 사회자가 나와 선물 추첨을 했다. 회사에서는 모든 직원에게 이불을 준비해 나누어 주었고, 거래처에서 들어온 선물도 모두 모아서 번호를 붙여 두었다. 이 선물은 직원들 숫자만큼 번호를 붙인 뒤에 추첨하는 방식으로 나눠준다. 전 직원이 다 선물을 하나씩 가져가게 만들어 놓았다. 그래도 1, 2, 3등 상품은 TV, 냉장고, 에어 프라이어로 회사가 준비해 두었다. 직원들 모두 좋아한다. 중간에는 직원들이 나와서 노래도 불렀다. 노래를 부른 직원들에게는 추가 상품도 주어졌다. 한국에서 온 대표이사는 기분이 좋았는지 본인이 특등 상품을 추가로 만들고 가져온 달러를 세뱃돈 봉투에 넣었다.

이렇게 한국과 베트남이 모두 즐길 수 있는 하루를 보냈다. 서로 말이 통하든 그렇지 않든, 함께 감정을 나눌 수 있다. 아니, 말이 통하는지 여부가 중요한 것은 아닌 것 같다. 이렇게 우리는 함께 지내고 있다.

A - XE SỐ
N NGHIEP
LOTHAMILK
HÒA

에필로그

'또 당했다.' 집으로 퇴근하는 길에 한참을 울었다. 서로 믿고 있다고 생각했던 한 직원이 내 뒤통수를 쳤다. 배신감과 서러움에 퇴근하는 차 안에서 눈물이 그치질 않는다. '이걸 어떻게 풀어야 되지? 아니, 이번엔 내가 해결할 수 있는 문제이긴 한 걸까?' 겨우 지탱하고 있던 내 삶이 무너지는 것 같은 느낌이 들었다. 그로부터 며칠 후, 태어나서 처음으로 교회의 목사님에게 면담 요청을 했다. 날을 잡고 교회 1층에서 함께 만났다. 그렇게 처음으로 목사님과 내 삶에 대한 이야기를 나눴다. 내 지금의 상황을 설명하자 목사님도 함께 울었다. 위로와 걱정의 대화를 나누고 나서 목사님은 마지막으로 나에게 묻는다. "이 사건을 통해 하나님이 주시는 어떤 메시지가 있다고 생각하세요?" 이 질문에 대한 대답을 곰곰이 해 본다. 이는 나의 베트남 생활의 시작을 생각나게 했다.

처음 베트남에 도착했을 때의 기억이 생생하다. 한국은 한창 추운 겨울이었던 1월, 공항의 입국장에서 회사 직원을 만나 차를 타기까지 기다리고 있었다. 푹푹 찌는 여름 한복판의 점심시간, 사람들이 북적이는 조그만 삼계탕집에 들어온 것 같다는 생각났다. 후덥지근한 삼계탕집의 부엌이 연상되는, 덥고 습한 냄새가 올라오는 호치민(Hồ Chí Minh) 공항의 입국장에 서서 눈앞에 펼쳐진 광경을 바라보았다. 한국에서 생각했던 것과는 다르게 높은 빌딩들이 많이 보였고, 도시를 가득 채운 사람들은 활기차 보였다. 수많은 오토바이와 시끄러운 경적 소리, 강렬한 색상의 간판, 그리고 빽빽한 건물들. 도시를 한 바퀴 둘러보고는 생각보다 세련된 쇼핑몰과 높은 빌딩들에 적잖이 놀라기도 했다. 한국에서 베트남으로 출발하기 전날 저녁, 동네 다이소에 마지막으로 한 번 더 들려서 추가로 생필품을 사기도 했는데, '그 정도까지 할 필요는 없었겠구나.'라며 다소 안도하기도 했다. '이제 여기서 3년을 지내야 한다.' 이렇게 나의 첫 해외생활이 시작되었다.

3년이면 다시 한국으로 돌아갈 줄 알았던 베트남 생활은 이제 7년 차에 접어들었다. 역시 인생은 계획대로 살아지지 않는다는 것을 새삼 깨닫는다. 예상했던 근무 기간이며, 내 커리어, 가족들의 계획이 모두 처음 생각했던 것과는 완전히 달라져 버렸다. 그리고 아직까지도 베트남의 삶은 '좋아졌다.'와 '싫어졌다.'를 반복하고 있다. 이제는 좋고 싫음의 관계가 아니라 삶을 나누는 관계가 되었다고 생각한다. 지난 베트남의 생활을 돌아보면, 힘든 날들이 많았다. 짧은 여행 과정에서도 힘든 날이 생기는데, 7년간 외국에서 일을 하며 당연히 수없이 어려운 일들을 겪게 된다. 그렇게 힘든 것에 익숙해졌다고 생각했다. 그래도 이번처럼 또 다른 어려운 사건이 계속하여 생기기 마련이다. 포기하고 싶기도 하고, 피해버리고 싶기도 하다. 하지만 이럴 때, 다시 돌아보게 되는 한 지점이 있다. 왜 내가 이 결정을 했는지? 그 시작이 어떠했는지? 그렇게 다시 한곳을 바라보게 된다. 그리고 그와 짝을 이루는 결말을 쓰기 위해 오늘을 살아내는 중이다.

나는 목사님의 질문에 대한 답을 찾은 것 같았다. "목사님, 아마 하나님은 나에게 이 일을 잘 해결해 보라고 하는 것 같아요. 그리고 내가 경험하고 느낀 인생의 이야기를 함께 나누시자고 하는 것 같아요." 이야기를 나누는 것은 나에게 힘이 된다. 지금은 오직 신과 함께 나눌 수 있는 이야기들이 언젠가는 모두와 나눌 수 있는 재미있는 에피소드가 되길 바란다.